日本現代文學館
Japanese Modern Literature
05

太宰治傑作精選集

跑吧！美樂斯

日本無賴派文學大師 太宰治/著
葉婉奇/譯

太宰治是一位相當感性的作家，在《跑吧！美樂斯》中，他從自我毀滅與衝突矛盾走出，逐漸重新整理自己，回顧反省過去。書中所呈現的人性真實，隱藏著對真實人生的積極渴望，重新檢視自己，就會更加認識自己，看見夢想與希望，就會更勇敢地面對自己。

【出版序】

快樂厭世人

●王 渡

其實，太宰治要傳達給我們的是，不管怎麼厭惡塵世，不管怎麼厭惡自己，我們都要堅強勇敢地走上自己的人生之路，做個「快樂厭世人」。

纖細而敏感的人最容易在人間受苦，飽嚐加諸身心的各種折磨。對這樣的人來說，幸福並非理所當然，美麗往往象徵著沉重的壓力，他們的苦惱來自於咀嚼自我之後，所產生的濃厚的厭惡感——既厭惡塵世，也厭惡自己。

因爲厭惡塵世，所以選擇墮落頹廢，爲了逃脫令人窒息的現實而以消極行爲對抗所謂的社會道德與普世價值。

因爲厭惡自己，所以不斷沉淪與自我放逐，對自己的厭惡感到了無法自拔的時候，往往只能選擇墜向更晦暗幽深的滅絕深淵。

墮落頹廢只是消極抵抗，自我毀滅也只是一種形式上的解脫，靈魂仍得不到救贖，心仍然是徬徨孤寂的吧！

日本無賴派文學大師太宰治就是這樣一個「厭惡自己到無法自拔的人」，顯現於外的是過著放浪墮落的「無賴」生活，隱藏於內的是不斷在小說中拿著文學的利刃，切剖自己最柔弱的內心深處，終於在一九四八年六月三日，與愛人山崎富榮在東京近郊的玉川上水投河自盡。

太宰治與川端康成、三島由紀夫並稱日本現代文學三大巨峰，是日本現代文學最富聲望的天才作家。

太宰治一生忠於自己的想法，以自我毀滅、自我否定的方式，呈現人性的真實，在日本文壇被歸類爲無賴派作家。

無賴派又稱爲新戲作派、頹廢派、破滅型，由這些文學名詞不難想像他的作品所呈現的風格。

太宰治，本名津島修治，一九〇九年六月十九日出生於日本青森縣北津輕郡金木村的顯赫家庭，在十一個兄弟姊妹中排行第十，上有五個哥哥，四個姊姊。父親源右衛門是當地頗有名望的大地主，戰前由日本天皇敕選為貴族院議員。由於母親夕子體弱多病且兄姐眾多，太宰治從小就由奶媽叔母和女傭照顧。欠缺母愛、不受喜愛，加上個性嚴厲的父親早逝，太宰治從小就是一個纖細善感、感受力很敏銳的早熟孩子。

這些成長過程中對自身際遇的感受與體悟，深深影響他的文學創作，在他的作品中也曾多次描繪。

一九二三年，太宰治就讀青森中學一年級時開始嘗試寫作，三年級時下定決心當作家，並發行同仁雜誌。一九二七年，進入弘前高等學校就讀，這段期間太宰治持續在同仁雜誌上發表作品，接觸左派讀物，也結識了藝妓小山初代，開始有了自殺傾向。

一九三〇年，太宰治二十一歲時進入東京帝國大學法文科就讀，拜作家井伏鱒二為師，積極想要踏上作家之路。但是，長年不被家人喜愛的陰影，以及受到馬克思主義影響參與左派活動，使得太宰治的外在行徑有了巨幅轉變，從大學時代開始過著放浪不羈的生活。

該年，太宰治與舊識小山初代同居，十一月之時在銀座認識有夫之婦田部占子，兩人旋即相偕在鎌倉跳海自殺，太宰治獲救，田部占子不幸身亡。這段揮拂不去的夢魘，太宰治在《人間失格》等作品中曾重複描述。

後來，太宰治又曾多次與藝妓同居，歷經三次殉情未遂，這樣招來各界交相指責的醜聞，直到他與山崎富榮投水身亡之後才告終止。

但是，我們所認定的殉情或自殺，真的只是無能理清感情棘刺的纏繞嗎？其實，並不盡然如此，也許感情因素並不如我們想像的那麼濃厚，太宰治在短篇小說〈小丑之花〉中就曾經暗示性地這麼說：「臨死之前，我們心中所想的事，完全大不相同……」

是的，不是感情的糾葛，而是靈魂的徬徨憔悴。厭惡塵世和厭惡自己到無法自拔，或許才是一個人非死不可的真正原因。

太宰治的作品象徵著毀滅美學，尤其以戰後作品引起無數年輕人共鳴，其中，他的代表作《斜陽》與《人間失格》更堪稱是日本戰後文學的金字塔作品。《斜陽》單行本發行後，更躍爲當時最暢銷的書籍，還因此衍生了一個流行用語——「斜陽族」。

對生命感到孤獨徬徨，使得太宰治的文字每每流露著沉鬱的悲涼，但太宰治的作品真的只是毀滅與悲劇嗎？

不，不是的。人最終會不會以悲劇收場取決於性格。

細細品讀太宰治的作品，我們可以發現，頹廢只是他外在的形式，其中散發洗滌心靈的熱能，在自我否定的過程，他同時也抒發自己內心深處的苦悶，以及渴望被愛的情愫……

其實，太宰治要傳達給我們的是，不管怎麼厭惡塵世，不管怎麼厭惡自己，我們都要堅強勇敢地走上自己的人生之路，做個「快樂厭世人」。

只不過，性格使他跳不脫宿命的流轉罷了，最終，纖細敏感的個性決定了他的命運。

爲了逃避現實而不斷沉淪，以毀滅、卑屈、落寞、矛盾的方式自我放逐，儘管太宰治狀似消極墮落，然而內心深處卻隱藏著對人生的積極渴望，也因此，當我們透過閱讀他的作品重新檢視自己之時，會看清人性的真實與希望，發現生命的價值與喜悅……

跑吧！美樂斯

通俗之物（*das gemaine*）

頭插白色花簪的小菊，身體一動也不動的凝視著。微弱的夕陽微微照亮馬場青黑色的臉龐，傍晚的雲靄朦朧昇起，包圍兩人的身體，呈現出一幅詭異，有狐狸味的風景。

一、幻燈

當時對我來說，每一天都是晚年。

戀愛了，對我來說可完全是第一次。在這之前，我僅讓對方看到我的左臉、急於賣弄我的男子氣概，對方稍有一分鐘的遲疑，我就會立刻開始舞動起來，如疾風般逃開消失。但這次，我變得完全不再吊兒啷噹，就連被認同幾乎完全附在我身上的聰明、少犯錯的姿態也無法維持，亦即所謂完全陷入沒有節制的戀愛。沒辦法，就是喜歡的沙啞低語，已經是我思想的全部。二十五歲，我現在誕生了，我活著，活到極限。我是真實的。因爲喜歡，沒辦法，但我從一開始似乎就已經不受歡迎。就在我身體逐漸了解到所謂殉情（強迫另一方一起自殺）的古朽概念時，我遭受到嚴重的拒絕，然後就再也沒有結果了，對方消失了蹤影。

朋友們在叫我時，都喊我佐野次郎左衛門或佐野次郎這個古人用的名字。

「佐野次郎。但是，幸好。託這樣名字的福，你的樣子也總算跟著名字相稱不是嗎？即使被甩了，也裝作沒事，雖然好像壓根就是向人撒嬌的證據，嘛，沈住氣。」

我忘不了馬場所說的這番話。儘管如此，開始叫我佐野次郎的確實是馬場。我與馬場在上野公園內的甜酒屋認識。在清水寺附近，放置有兩張並排鋪著毛毯的長椅的甜酒屋相遇。

我之所以會在上課的空檔，從後校門漫步走向公園，時常前往那家甜酒屋，是因爲那家店裡有一位十七歲，名叫小菊，身材矮小、伶俐，眼睛明亮的女孩子，她長得非常像我愛戀的對象。

我的戀愛對象是每次相見，就得花大錢的敗金女，所以每當我沒錢的時候，就會坐在那家甜酒屋的長椅上，慢慢的啜飲一杯甜酒，同時將店裡的小菊當作是我戀愛對象的代理，眺望她忍耐忍耐。

在今年的初春，我在那家甜酒屋看到一個奇怪的男人。那一天是星期六，天氣從一早就晴空萬里。我上完法國敘情詩的課之後，在正中午的時候、梅花開了，櫻花還沒開。將剛剛學到的法國敘情詩改成毫無文學的語句，譜上任意的曲調，反覆的在口中低吟，照慣例的造訪了甜酒屋。

那時，店裡已經有一位先來的客人。我嚇了一跳，因為這位客人的樣子，看起來非常奇怪。雖然非常的細瘦，但身高卻很普通；雖然身上所穿的西裝也是黑色絹織的一般衣料，但他所披的外套卻是極爲奇怪。我不知道那是什麼造型的外套，但要說乍看之下的印象，是Schiller的外套。有極多的天鵝絨與鈕釦，顏色是純銀鼠色，且難以形容的寬大。

接下來是他的長相。若要說第一眼看到的印象，就像是想變成舒伯特卻沒完全變好的狐狸。明顯到教人不可思議的額頭、鐵框的小眼鏡、極爲捲曲的毛髮、尖銳的下顎與滿嘴的雜鬍子。皮膚形容得誇張一點，就像黃鶯的羽毛般骯髒泛青，完全沒有光澤。

那男子盤腿坐在舖著紅色毛毯長椅的正中央，拿著大大的抹茶茶碗，一邊懶懶的啜飲著甜酒的同時，啊！一邊抬起一隻手對我招手要我過去。因爲直覺感到越是躊躇氣氛會變得越詭異，所以我也勉強自己面帶毫無意義微笑的在那男子坐著的長椅一端坐下身子。

「早上，因爲吃非常硬的魷魚乾，」那男子用刻意壓低的低啞聲音。「右邊的後牙痛得不得了。沒有比牙痛更教人難受的。雖然只要大口吞下阿斯匹靈，就會瞬間好轉，喂！喊你過來的是我嗎？失禮了。我啊……」看了一下我的臉之後，嘴角微揚含笑說：「無法對人作區別，瞎子——不是這樣。因爲我很平凡，只有外表而已。這是我不良的癖好，對初次見面的人，總會控制不住的想讓對方稍微看見自己的不一樣。有句話說作繭自縛，實在非常的陳舊過時。不行，這是病。你是文科的學生嗎？是今年畢業吧？」

我回答：「不是，還有一年。嗯，因爲我曾經留過一次級。」

「哇！真是藝術家啊！」連笑也沒笑的，靜靜的啜飲了一口甜酒。「我在那裡的音樂學校讀了將近八年，一直無法畢業，因爲我每次考試都沒有出席。用人來測試人的能力，告訴你，實在太無禮了。」

「是啊！」

「只是說說而已，總之是因爲我頭腦不好。我常常像這樣的坐在這裡，眺望從眼前不斷走過的人群，但每次一開始看，我就無法忍受了。只要一想到世上有這麼多的人，但卻沒有人知道我、沒有人注意到我時——沒關係，可以不用這樣頻繁的隨聲附和，因爲從一開始就以你的情緒在說話。但如果是現在的我，對這種程度的事已經無所謂，反而覺得有快感。就像清水潺潺的從枕頭下流過一樣，並不是放棄死心。是有如王侯般的喜悅喔！」大口喝甜酒之後，突然將抹茶茶碗遞向了我。「這個茶碗上所寫的文字——白馬驕不行，白馬恃驕不前行。算了，真教人難爲情，就送給你吧。是我出高價從淺草的古董店買來，寄放在這裡的。是我特別專用的茶碗。我喜歡你的長相，瞳孔的顏色深邃，是我所憧憬的眼睛。我如果死了，你就使用這個茶碗。我或許明天就死了也說不定。」

從那之後，事實上，我們就經常在那家甜酒屋碰頭。馬場並沒有死，不但沒有死，還有點胖了。青黑的雙頰就像桃子的果實般逐漸的飽滿了起來。他說這是因長喝酒而體胖，還小聲附上一句說：如果再這樣胖下去，將會很危險。

我與他的友情與日俱增。我爲什麼沒有從這個男人的身邊逃開，反而變得日漸親密，可能是因爲我相信馬場是天才吧？

去年的晚秋，一位布達佩斯出身，名叫Joseph Szigeti（約瑟夫．西葛提）的名小提琴手來到日本，在日比谷的公會堂開了三場演奏會，但三場都非常的不受歡迎，沒有人氣。這位孤傲狂狷的四十歲天才，非常憤怒，投了一篇文稿給東京朝日新聞社，怒罵說日本人的耳朵是驢耳，但在辱罵日本聽眾之後，卻像詩的refrain（疊句）一樣，打括號寫下了一句「只有一位年輕人例外」。

到底這一位年輕人指的是誰？當時在樂壇被私底下嘰嘰喳喳議論著，但其實那位年輕就是馬場。馬場曾經遇到過Joseph Szigeti，並與他說過話。

就在日比谷公會堂第三度受辱的演奏會結束的夜晚，馬場在銀座有名的啤酒屋深處盆栽樹木的樹蔭下，看到了Szigeti的紅色大光頭。馬場毫不猶豫的、不客氣的一步步走近那裝作無所謂的坐在桌前微笑舔嚐啤酒，沒有得到回響的名提琴手的隔壁桌子。

那一晚上，馬場與 Szigeti 開始產生共鳴，從銀座一丁目到八丁目的咖啡酒吧，仔細的一家喝過一家。而最後付錢的是Joseph Szigeti。

Szigeti即使喝了酒，也仍是舉止文雅。黑色的蝴蝶結牢牢的綁著，對陪酒的女子，連一根手指也沒有碰。因爲如果不是以理智控制的藝術，是一點也不有趣的。說自己在文學方面喜歡 Andre · Gide（安德烈．紀德，法國小說家、評論家）與湯瑪斯．曼之後，一臉寂寞的的咬了右手的拇指爪，將Gide說成了Tide。

在東方完全肚白之時，二人在帝國飯店前庭的睡蓮池旁，相互靠靠臉，用力握手匆匆道別，當天Szigeti就從橫濱搭乘Ampress of Canada號的輪船前往了美國，第二天，東京朝日新聞就刊登了先前我所說的，附了refrain（疊句）的文章。

但是我卻不太相信他一臉不好意思，眼睛眨個不停的這番描述，結尾還不怎麼高興的對我所說的內容。因爲我懷疑他到底有沒有與外國人一直說話到天亮的外語能力，真的覺得很奇怪。

雖然一旦開始懷疑就會沒完沒了，他到底具備了怎樣的音樂理論，身爲小提琴家，他擁有怎樣的本領；又是個怎樣的作曲家，我卻事先一點也不知道。雖然馬場有時會左手抱著黑亮亮的小提琴箱走在路上，但箱子裡總是沒有放任何東西。根據他所說的話，他的箱子本身是現代的象徵，雖然箱子冰冷冷的空無一物。那時的我，甚至懷疑眼前這個男人是否真的曾經摸過小提琴。

雖然這樣，我不管相信或不相信他的天才、都沒有猜測他的伎倆，而被他所吸引，我想原因一定是在他身上。因爲我比在意小提琴更在意小提琴箱，所以也覺得自己是被他的風采、笑話所吸引，而不是他的精神、伎倆。

他真的經常改換服裝出現在我眼前。除各式各樣的西裝之外，或穿著學生服、工作服，有時還以窄硬和服帶子配上白和服襪的模樣，讓我不知所措，面紅耳赤。根據他一臉不在意的說法，他之所以會經常這樣更換服裝的理由是，因爲打從心裡不想讓他人對自己留下任何的印象。

還有我忘了說，馬場的家在東京市外的三鷹村下連雀，他每天都從那裡來到市內遊玩，父親是地主什麼的，好像相當有錢，也正因爲很有錢，所以可以不斷更換各種的服裝，這也不過是所謂地主兒子的一種浪費而已——一想到這裡，我覺得自己好像也不是特別因他的風采而被他所吸引。

或許是金錢的關係吧？雖然是難以說出口的話，但與他二人一起出遊，都是他付錢。甚至將我推開到一旁自己付錢。在友情與金錢之間，好像一直都不斷有這樣微妙的相互作用活動著，他富有的狀態對我來說是極具魅力，也是不爭的事實。或許馬場與我交往之際，從一開始就只不過是主人與家僕的關係，從頭到尾，都是我被他拉著鼻子走而已。

啊！我好像陷入了自言自語。總之，那時的我，就像我先前所說的，過著像金魚糞一般沒有意志的生活，只要金魚一游動，我也會隨後跟著漂浮而行，我想我就是在這樣渺茫的狀態下持續與馬場往來著。

但是，八十八夜（立春後第八十八天）——很奇妙的，馬場好像對日子很敏感，不是說今天是庚猴、佛滅日而顯得無精打采，就是說今天是端午、消災祭等，嘴裡唸唸有詞的說著我完全聽不懂的事情，那一天，我也在上野公園的那家常去的甜酒屋，感到全身充滿發情的貓、葉櫻、花吹雪、毛蟲等，那樣醞釀風情的晚春熱呼呼爛熟氣氛的同時，一個人喝著啤酒，但當我察覺到時，馬場不知何時，已經一身綠色華麗西裝的坐在我身後。用慣有的低沈聲音唸著：「今天是八十八夜。」很難爲情的悶不吭聲地站了起來，大力搖擺了雙肩。

說是紀念八十八夜，嘲笑這沒有任何意義的決心的同時，二人來到淺草喝酒，但那天晚上，讓我更加對馬場有份難以分離的親近感。淺草的酒館喝了五、六家。馬場說出布拉葛博士與日本樂壇爭吵的事情，嘴巴說個不停，又獨自一人唸唸有詞說爲什麼布拉葛是偉大男人的理由時，我卻變得很想見我的女人而坐立不安。於是我邀請了馬場，附耳低聲說一起去看幻燈吧。

馬場不知道什麼是幻燈。好！好！只有今天我是前輩；因爲是八十八夜，所以我就帶你去吧。我一邊說著難爲情的笑話，勉強的將嘴裡不斷低聲唸著布拉葛、布拉葛的馬場推入汽車裡。

快一點！啊！總是在越過這條大河川的瞬間感到心跳、幻燈的街道、這個街道，極爲相似的小巷像蜘蛛網一樣的四通八達，小巷兩側的家屋，約一尺、二尺大的許多小窗邊，有可愛女人的臉展現著燦爛的笑容，只要一腳踏入這個街道，肩膀上的沈重負擔就會完全不見，人會忘卻自己的一切醜態，像逃脫的罪犯一般渡過非常美麗而平靜的一晚。

馬場雖然好像是第一次走在這個街道上，但卻沒有顯得很驚訝，以緩慢的步調與我保持點距離的走著，同時一一仔細觀察小巷兩側各個小窗裡的女子臉龐。走進小巷，走出小巷，彎過小巷走過去之後，我停下來偷偷刺了一下馬場的側腹，說我喜歡這個女人。低聲說，從很久以前就開始了。我的愛戀對象眼睛轉也不轉的，只將小小的下唇往左牽動。馬場也停了下來，雙手垂直向下，只有頭往前傾的開始仔細注視我的女人。終於，回頭開口高聲說話。

「哎呀！真的很像，真的很像。」

第一次發覺到。

「不，小菊比不上她。」

我態度嚴肅的做出了奇怪的回應，非常使勁的用力說。馬場雖然有點不知所措的笑說：「我不是要做比較啦。」但卻立刻嚴肅的皺起眉頭，好像說給自己聽的，慢慢低聲說：「不，任何事情都不可以做比較，比較的性格是愚劣。」同時，搖搖晃晃的跨步走去。

隔天早上，我們在回程的汽車上，都沈默不語。覺得好像一開口說話，就有可能會打架似的，汽車進入了淺草的雜沓熱鬧中，在我們終於感受到人的輕鬆愉快時，馬場先開口說話了。「昨天晚上，那女人教了我一件事。我們並不像外表所看到的那樣輕鬆愉快。」

我儘可能誇張大笑給他看。馬場一臉開朗的微笑，啪的拍拍我的肩膀說：

「那裡是日本最棒的城鎮。大家都抬頭挺胸的生活著，不會羞恥，真叫我驚訝。每一天都過得很充實。」

從那之後，我對馬場就像對親人一般的習慣依賴，覺得自己有生以來第一次交到了好朋友。就在我覺得自己獲得朋友的時候，我失去了我愛戀的對象。因爲是以難以說出口、連我自己都覺得難看的形式，讓那女人給溜走了，所以我有點變成大家議論的對象，終於被冠上佐野次郎這個無聊的名字。呈現不知何時會變成殘廢的人的狀態，人爲什麼一定得要活著？當時我無法接受其理由。

沒多久進入暑假，從東京回到距離二百里遠，位在本州北端山中的故鄉，每一天每一天，都躺在庭院栗樹下的藤椅裡，抽七十根香煙發呆過日子。

馬場寫信來。

你好。

只有死這件事，你可以等一等嗎？爲了我。如果你自殺了的話，我會暗自驕傲自滿認爲這是你對我的討厭。如果你高興這樣，那就去死吧。我也是過去，不，現在也是如此，對活著這件事並不熱心，但是我不自殺，因爲我討厭讓任何人驕傲自滿。我等待疾病與災難，但是，現在我的疾病是牙痛與痔瘡，好像不可能，而災難也一直沒降臨。我整晚打開房間窗戶到天明，等待盜賊來襲，希望被他所殺，但偷偷從窗戶潛入的，卻是蛾、羽蟻、甲蟲，與百萬的蚊子大軍。（你可以說，啊，與我很相似）！

你，要不要和我一起出書呢？我想出書，償還所有借款，然後呼呼大睡個三天三夜。所謂借款是我懸吊在半空中的肉體，在我的胸口，開著一個漆黑的借款大洞。雖然或許會因爲出書，而使這個沒有填滿的空洞變得更深，但如果是這樣我也無所謂。總之，我想好好的結束我自己。

書的名稱是海盜。有關具體的故事內容，我打算與你商量後再做決定，但就我的計畫，所希望是專對輸出的雜誌。輸出對象可以是法國。因爲你好像確實有卓越的語學能力，所以請你將我們所寫的原稿翻譯成法文。也想寄一本給Andre・Gide（安德烈・紀德）評論。啊啊，可以直接與Valelia（瓦雷里）爭論喔。

可以讓那已經沈睡的布魯斯特驚慌失措（告訴你，很可惜，布魯斯特已經死了）。但可庫道還活著喲。喂！如果Radiguet（拉帝葛）還活著的話。也送一本給De-kobra（提可布拉）老師讓他高興高興吧，真是可憐。

這樣的幻想不是很愉快嗎？且要實現也不是那麼困難（文字隨著書寫而乾燥。是所謂書信文的特殊文體。不是敘述，不是會話，也不是描述，是非常不可思議，且完全獨立的詭異文體。哎呀，說了蠢話）。根據我昨晚徹夜的計算，三百日圓就可以出一本很棒的書。如果是這樣，好像我一個人也可以做到。你只要寫詩給包爾·佛耳閱讀即可。我現在正在思考海盜之歌從第四樂章開始的交響曲。如果完成的話，想要在這本雜誌做發表，讓Ravel（拉維爾）感到驚慌失措。

再說一次，要實現並不困難，只要有錢就可以辦到。有什麼不可能實現的理由呢？你最好也讓你的心中塡滿這個華麗的幻想會比較好。如何？（信件這東西，為什麼結尾一定得乞求對方的健康才行呢？這世上有所謂頭腦不好、文筆不佳、又不擅長說話，卻只有信寫得很好的男人的怪談？）那麼我信寫得很好嗎？

還是寫得很差呢？再見。

雖然這是另一件事，但因爲現在有點浮現心中，所以先寫下來。很舊的問題，

「知道是幸福的嗎？」

佐野次郎左衛門收　　馬場數馬

二、海盜

看了Napoli（拿波里）之後再死！

雖然Pirate這個語詞也用來指著作物剽竊者，但當我說：「即使是這樣也無所謂」時，馬場卻立刻回答說：「越來越有趣。Le Pirate, ——首先雜誌的名稱決定了。與Stephane Mallarme（法國詩人）、Paul Verlaine有關的La Basoche, Verlhalen一派的La Jeune Belgique, 其他La Semaine, Le Type，都是綻開在異國藝談（作家、藝術家社會）的火紅玫瑰。以前的年輕藝術家們，是呼籲世

界的機關雜誌。啊啊！我們也是。」

暑假結束，慌慌張張的上東京時，馬場的海盜熱逐漸升高，終於也直接感染到我，兩人見面接觸，商量有關將 Le Pirate 的華麗幻想，不不，有關具體的計畫。決定春、夏、秋、冬，一年發行四次。二十五開版，六十頁，全部藝術紙。

俱樂部成員每人一件海盜的制服。胸前一定戴上季節的花朵。俱樂部成員相互間的口號：不誓言一切，不審判所謂的幸福，看了Napoli之後再死！等等。伙伴一定應該要是二十歲的美青年，有一項卓越超群的技藝者。學習 The Yellow Book 的智慧，發現匹敵 Beasley（比亞茲烈）的天才畫家，讓他在雜誌上畫插畫。不仰賴國際文化振興會等，以我們自己的力量向異國宣傳我們的藝術。

在資金方面，預定由馬場出二百日圓、我出一百日圓，再由其他的伙伴們出資約二百日圓。伙伴，步驟是，馬場先向我介紹他的知己好友，名叫佐竹六郎的東京美術學校的學生。

那一天，當我按照與馬場的約定，在下午四點造訪了上野公園小菊的甜酒屋時，馬場已經身穿藏青地碎花白的單衣、小倉和服褲裙的維新風，坐在鋪著紅毛毯的長椅上等我。在馬場的腳邊，身穿綁著鮮紅麻葉花紋腰帶衣服，頭插白色花簪的小菊，拿著招待用的漆盆蹲著，抬頭望著馬場的臉，身體一動也不動的凝視著。微弱的夕陽微微照亮馬場青黑色的臉龐，傍晚的雲靄朦朧升起，包圍兩人的身體，呈現出一幅詭異，有狐狸味的風景。

我走近，呀！的出聲叫馬場時，小菊，啊！的小叫一聲，飛跳了起來，回頭露出白牙向我打招呼，但豐滿的臉頰卻越來越紅。我也有點慌張，不由的脫口說出：「我好像來得不是時候？」

小菊瞬間表情一變，用很奇妙的眼神看了我一眼，迅速轉身背對我，用盆子遮住臉，跑向了店的後方。覺得自己好像看到了傀儡人偶的舉動，我感到很可疑的目送她的背影，坐在長椅上時，馬場獨自微笑的開口說話了。

「她完全相信，那模樣我真的很喜歡。她啊！」

白馬驕不行的抹茶茶碗可能因爲不好意思的關係，早就停止不使用，現在馬場使用與一般客人一樣的店內青磁茶碗。啜飲一口粗茶，他很不自然的說：「看見我這雜亂的鬍鬚，問說要經過幾天才能留這麼長時？我說：約二天就留這麼長了。喂，請仔細看看。當我一臉認真的告訴她鬍鬚徐徐長長連肉眼也可以看得見時，她真的一語不發的蹲下來，眼睛睜得像盤子一樣大，仔細凝視著我的下顎。我真的嚇了一跳。你猜，是因爲愚蠢所以相信？還是因爲聰明伶俐所以相信？要不要寫一篇以相信爲題的小說呢？A相信B。然後C、D、E、F、G、H，以及其他眾多的人物陸續登場，變更手法，改換品味，以各種方式中傷B，然後，A還是相信B。毫不懷疑，壓根不懷疑，很安心。A是女的，B是男的，真是無聊的小說。哈哈。」

我想我一定得立刻讓他看到我只是聽他說話，並沒有特別去揣測他的內心，所以僅可能以毫無雜唸的口吻說：「那小說好像很有趣耶，寫寫看如何？」裝作心不在焉的望著西鄉隆盛的銅像。馬場好像得救了，終於可以圓滑的恢復到以往那好像一臉不高興的表情。

「但是，我不會寫小說。你是喜歡怪談的人對吧？」

「對啊！很喜歡。比起其他，怪談好像是最能刺激我的想像力。」

「這樣的怪談怎樣呢？」馬場舔了一下下唇。「所謂知性之極這樣東西確實是存在的，是教人毛骨悚然的無底地獄。即使只是稍微偷窺一眼，人也會嚇得說不出一句話來。即使只是執筆，也只在原稿紙的一角亂畫自己的自畫像，一個字也寫不出來。所以，那人偷偷的計畫堪稱這世上最恐怖的一部小說，計畫的途中，世界中的小說家瞬間感到很無聊，開始裝做不知道。那真的是本很可怕的小說。例如，帽子戴在後腦勺也不放心，帽子戴得很低也平靜不下來，狠下心脫下帽子也越感奇怪時，人對得以在哪個位置定下來的統一自我意識過剩的問題，這本小說也會給予如被放置在棋盤上的棋子一樣的冰涼解決。冰涼解決？不是那樣，是無風，**cut glass**（玻璃精雕），白骨，那樣明明白白的解決。不，不是那樣。沒有任何的形容詞，只是解決。那樣的小說確實是存在的。但人一旦計畫這本小說，從那一天開始，就逐漸消瘦，結果或發狂，或自殺，或是變成啞巴。你看，**Rad-**

iguet不是自殺了嗎？可庫道也幾乎發瘋，只是每天吸食著鴉片，Valelia十年之間成了個啞巴。環繞這本小說，在日本也曾經一時出現非常悲慘的犧牲著。現在，你……」

「喂，喂！」沙啞的喊叫聲打斷了馬場的故事。嚇了一跳回頭一看，在馬場的右手邊，已經悄悄的站著一位身穿紺藍色學生制服，身材極爲矮小的年輕男子。

「遲到了喔！」馬場用生氣的口吻說。「喂，這位是東京帝大學生佐野次郎左衛門。他是佐竹六郎，是我所說的畫家。」

佐竹與我相互苦笑的輕輕目視對方打招呼。佐竹的臉完全沒有皺紋，也沒有毛孔，好像被磨得很光滑的乳白色能面（能劇演員塗得雪白的臉龐）。像是玻璃製的眼球，瞳孔的焦點不清晰，鼻子像象牙精工一般的冰冷，鼻樑像劍一般的尖銳。眉毛如柳葉般的細長，薄唇像草莓一般的鮮紅。與這樣絢爛的容貌相比，四肢的瘦小也教人感到非常吃驚。身高好像還不到五尺，瘦小的雙掌教人連想到了蜥蜴。佐竹站著，用像老人般沒有生氣的聲音，小說的對我說話。

「你的事我聽馬場說過了。聽說你遭遇到極悲慘的事。我覺得你很了不起喔！」我不快的再看了一下佐竹白到刺眼的臉龐，像箱子般沒有表情。

馬場聲音僵硬的開口說：「喂，佐竹，不准取笑他。毫不在乎取笑他人，是卑劣心情的證據。如果要斥責，就應該正面直接斥責才對。」

「我才沒有嘲笑他呢！」佐竹靜靜的這樣回答，從胸前的口袋裡拿出紫色的手帕，開始慢慢擦拭頸部四周的汗水。

「唉，唉！」馬場嘆了口氣，倒臥在床上。「你說話時，語尾不加上啊、等等、呢的語尾，難道就不會說話了嗎？像語尾感嘆詞的語尾詞，拜託就不要再用了。像黏在皮膚上一樣，真教人受不了。」我也有同感。

佐竹一邊仔細的折疊好手帕放回胸前的口袋，一邊一副事不關己的低聲說話。

「我又不是戴著喇叭嘴的面具前來的！」

馬場立刻跳了起來，稍微大聲的說話。「我不想與你爭論。因爲不管哪一方都是將某第三者納入估算中在說話。不是嗎？」

兩人之間好像存在有某種我所不知的事情。佐竹露出有如陶器般藍白色的牙齒，戲謔一笑。「好像已經沒有我的事了？」

「是的。」馬場故意眼睛看旁邊，打了個小哈欠。

「那麼，我走了。」佐竹小聲的這樣說，看了一陣金邊的手錶，像想什麼似的說：「我要去日比谷聽新音樂。近衛最近越來越會做生意了，在我座位的旁邊總是有外國女孩坐著，最近對這個很著迷。」

之後，便像老鼠般輕盈的蹦蹦跳跳走了。

「啐！小菊，給我啤酒。你的帥哥走了。佐野次郎，要不要來一杯？我好像找了個無聊的傢伙進來。那傢伙是海葵，跟那傢伙吵架，反而會是我們輸。不但不會還手，還會主動往前黏上我們要打他的手。」突然一臉認真的壓低嗓音說：「那傢伙，毫不在乎的握住了小菊的手喲。像他那樣的男子是很容易染指他人的老婆的，雖然我懷疑他性無能。什麼！只是名義上的親戚，與我絕對沒有血緣關係。我不想在小菊面前談論他的事，相互爭執是件討厭的事。告訴你，一想到佐竹高傲的自尊心，我就會感到噁心。」馬場手握著啤酒杯，深深的嘆了口氣。「但是，他的畫真的沒話說。」

我只是發呆，低頭望著逐漸昏暗，各色路燈漸次亮起的上野廣小路的人群雜沓景象。然後被遠離馬場有千里萬里遠的無聊感傷所環繞。只是陷入「東京啊！」這句話語的感傷中。

但是，過了五、六天，在報紙上讀到上野動物園新購入一對貘夫婦的新聞，突然很想去看看那對貘，學校上課結束後，來到了動物園，但那時卻在水禽大鐵傘附近，看到坐在長椅上畫著素描的佐竹。

沒辦法，走近他身邊，輕輕拍了拍他的肩膀。

「啊！」佐竹輕呼了一聲，慢慢的回頭往我這裡看。「是你啊！嚇了我一大跳。請坐在這裡吧！現在正急著完成這件畫作，請稍微等我一下。我有話想跟你說。」用很客氣的口吻這樣說，然後再度拿起鉛筆，開始專注於素描中。

我站在他身後暫時忸忸捏捏了一下，終於下定決心的坐在長椅上，偷偷的窺視佐竹的素描本。

佐竹好像立刻察覺到似的，「我正在畫鶺鴒。」低聲的對我說的同時，以極為粗暴的線條迅速描繪出鶺鴒的模樣。「我的素描一張約二十日圓，有人甚至會買上好幾張。」佐竹獨自嗤笑了起來。「我不喜歡像馬場那樣胡亂說話。他有告訴你荒城之月的故事嗎？」

「荒城之月嗎？」我完全不知道是怎麼回事。

「那麼，看來是還沒有。」在畫紙的一角大大描繪下頭朝後看的鶺鴒，「馬場以前曾經以瀧廉太郎這個匿名寫下荒城之月這個曲子，後來以三千日圓的代價，將一切權利賣給了山田耕筰。」

「是那首有名的荒城之月嗎？」我的心雀躍了。

「騙人的。」一陣風將素描本帕啦帕啦吹捲起，讓我隱約看到了裸女、花等的素描。「馬場的胡說八道是出了名的，且非常的巧妙。不管誰一開始都會被他所騙。他有跟你說過Joseph Szigeti嗎？」

「聽說了。」我感到情緒悲傷。

「附refrain（疊句）的文章嗎？」一臉無聊的這樣說，啪的合上了素描本。

「讓你久等了，讓我們散一下步吧！我有話想跟你說。」

今天放棄不看貘夫婦。且對我來說，聽佐竹這個給人異樣感的男子說話，比觀賞貘更吸引我。走過水禽的大鐵傘，通過海狗的水槽前，來到關著有如小山般巨大棕熊的柵欄前時，佐竹開始說話了。雖然用之前聽過好幾次，已經聽習慣的暗誦口吻，換成文章的話，看起來也像充滿了熱情的語句，但實際上的聲音，卻是慣有的沙啞陰沈低聲。

「馬場完全不行。有不懂音樂的音樂家嗎？我從未曾聽他談論過有關音樂的事，也不會看他拉過小提琴。作曲？甚至不確定他是否看得懂五線譜音符。馬場的家人都爲他感到傷心呢！連他到底有沒有進音樂學校唸，也完全不清楚。聽說以前他還曾經想成爲小說家而努力，但過度唸書的結果，卻變得什麼也寫不出來，太愚蠢了。最近，好像又學會了所謂自我意識過剩的詞語，毫不知羞恥的到處加以宣揚。我雖然不會說什麼困難的用字遣詞，但所謂自我意識過剩，就好像在道路兩旁有數百位女學生排成長長的行列，自己剛好偶然來到那裡，一個人緩慢通過人群，一舉手一投足完全不靈活，視線所到之處全在頭的位置，擁擠難行的結果，開始旋轉身體一般。我想就像是那樣的心情，如果真的是那樣的話，所謂自我意識過剩，就實在是七顛八倒的痛苦，像馬場一樣搬弄胡說八道的饒舌，不用說當然是不可能的。首先，說什麼出雜誌，就興高采烈的，不是很奇怪嗎？海盜，什麼海盜嘛？真是自以爲是的傢伙。喂，如果太過相信馬場的話，到時候可會很慘喔！這是我想事先警告你的，我的警告可是很準的喔。」

「但是……」

「但是？」

「我相信馬場。」

「啊，是嗎？」佐竹面無表情的聽我認真的回答。「這次雜誌的事，我是徹頭徹尾不相信。要我出資五十日圓，真是愚蠢，只是哇哇的吵嚷著而已，一點也

不誠實。或許你還不知道，後天，馬場、我以及馬場音樂學校學長介紹認識的太宰治這位作家三人，將到你住的地方拜訪呢！說要在你那裡決定雜誌最後的計畫，如何呢？到時我們就盡可能表現出一副很無聊的樣子怎麼樣？然後對商量的內容潑冷水如何？不管打算出版怎樣偉大的雜誌，世間是不會對我們表現出一副美好的樣子。不管做到哪個程度，都會被中途放棄。我即使不是Beasley（比亞茲烈）也完全無所謂。努力的畫圖，以高價出售、遊玩，這樣就夠了。」

說完話時，已經來到山貓的柵欄前。山貓閃爍著藍色的眼睛，拱起背脊，一直凝視著我們。佐竹靜靜的伸出手臂，將抽到一半的香煙直接觸押在山貓的鼻子上。然後，佐竹的樣子就像岩石一般的自然。

三、鯉躍龍門

過了這裡，一個二個錢的海螺吧。

「總覺得，聽說是很爛、不合道理的雜誌。」

「不，是普通的小冊子。」

「總是立刻這樣說。你的事，說實在的常聽說，我很瞭解。聽說是駁倒Gide與Valelia的雜誌。」

「你是專程來嘲笑我的嗎？」

在我下樓去一下時，馬場與太宰開始你一句我一句的互相鬥嘴，當我準備好茶具拿上樓來時，馬場坐像難看的坐在房間一角的桌前，支著下巴的手放在桌上，又名叫太宰的男子則與馬場成對角線相望的背靠在另一邊的牆壁上，向前伸出細長而多毛的腿坐著。兩人都一臉要睡的半閉著眼睛以及帶著厭倦而慢吞吞的口吻，但肚子裡卻充滿了憤怒與殺機，眼角、言詞屢屢像小蛇吐信的舌頭一般，燃燒著熊熊的火焰，連我都可以很容易察覺到他們彼此間險惡的格鬥。佐竹舒服的隨便躺在太宰的身旁，一邊極為無聊的轉動眼珠四處看，一邊抽著香煙。

從一開始就錯了。那天早上，我還在睡的時候，馬場衝入我租賃的房子。今天他穿著學生服，外面再披上寬大的黃色雨衣外套。被雨淋濕的雨衣連脫也沒脫的，急急忙忙的走向我的房間。一邊走，一邊獨自一人嘴裡唸唸有詞。

「喂，喂！快點起床。我覺得嚴重神經衰弱，像這樣下雨的話，我一定會發狂。即使只幻想海盜也會讓我消瘦。喂，快點起床。剛才我遇到了名叫太宰治的男子喔。我學校的學長說他是小說寫得非常好的男人，而介紹給我，完全是宿命，就讓他加入我們。喂！太宰這個人是一個可怕而令人厭惡的傢伙。是的，真的是個教人討厭的傢伙，教我感到嫌惡。我跟那像男人在肉體上有水火不容的地方。頭髮是光頭，且是意味深遠的和尚頭，這是不良的興趣。是的，是的，那傢伙以興趣裝飾了自己的全身。所謂小說家，都是這副德行吧！已經不知將思索、學問研究、熱情等忘記到哪裡去了？根本完全就是卑劣的小說家。青黑色且油亮亮的大油臉、鼻子——告訴你，我在列寧的小說裡曾經讀到過那樣的鼻子喔。極爲危險的鼻子，千鈞一髮，差點墜入那圓鼻下，好在鼻子兩側的深刻皺救了我。真是太危險了，列寧說得對。眉毛粗短漆黑濃密到快要蓋住他那一雙不安的眼神。額頭窄小，有兩道明顯深刻的橫紋，實在難看。脖子粗，後髮根給人厭煩的沈重感，我還在他的下顎發現三個紅色的痘痕。根據我的估算，他身高約五尺七寸，體重約十五貫（一貫＝三．七五公斤），鞋子的長度是十一文（一文＝約二．四公分）、年齡大概不到三十。喔，我忘了說一件重要的事。他有嚴重的駝背，完全像是痀瘻病——請你稍稍閉上眼睛想像看看那男子的模樣。但這全是騙人的，完全是謊言，是騙子，全是裝出來的。一定是裝出來的沒錯，從頭到尾都是假的，我的眼睛不會看錯。長有一整臉的雜亂鬍鬚，不，那傢伙不可能是懶鬼，不管在怎樣的情形下都是不可能的。他是故意留鬍子，啊啊，我到底是在說誰呢！

你看，我如果現在不說這樣做、那樣做，一一說明的話，一定沒法讓他動一根手指、咳一個嗽。真是教人討厭的傢伙！他的臉，沒有眼睛、嘴巴，眉毛扁得可以。只是畫上眉毛，貼上眼睛、鼻子，然後裝做一副不知道的樣子。告訴你，這是他的把戲。啐！我第一次瞥見他時，就感到好像被蒟蒻的舌頭舔到一樣。仔細想想，我找來了一群很難搞的傢伙。佐竹、太宰、佐野次郎、馬場，哈哈哈，這四個人，只是沈默並排站著，也會成爲歷史。對了！我要做，這是宿命。討厭的傢伙不也是有點有趣嗎？我的生命，今年這一整年，都要將我全部的命運賭注在Le Pirate上。變成乞丐？還是成爲拜倫？神給我五個便士。佐竹的陰謀太可惡了！」突然大叫說：「喂！起床囉！趕快打開木板套窗，大家就快到了喔。我今天想在你的房裡討論海盜的事情。」

我也受到馬場興奮的感染，開始慢慢的動起來，踢開坐墊起身，與馬場兩個人努力推開已經開始腐朽的木板套窗。本鄉街家屋屋頂都因爲下雨而一片迷濛。

中午時，佐竹來了。沒有穿雨衣、戴帽子，只穿著天鵝絨的長褲、淺藍色毛夾克，臉被雨淋濕，臉頰像月亮般泛著不可思議的青光。螢火蟲對我們一句招呼也沒說的，像溶解般的精疲力竭的倒臥在房間的一角。

「原諒我吧，我很累。」

接著，太宰拉開拉門慢吞吞的出現了。看了一眼之後，我慌張的不敢再看第二眼的別過眼睛，心想這樣很糟。他的長相，我根據馬場的形容所事先描繪出的好壞兩個影像中，與壞的影像沒有分毫空隙的完全重疊。然後，更糟的是，當時太宰的服裝完全是馬場之前最忌諱的穿著。華麗的大島碎白道花紋夾衣、緊纏的腰帶、粗格子花紋的獵帽、淺黃色的紡綢長襯衣下襬微微露出，他稍微提起下襬坐下來，裝模作樣的眺望窗外的景色，

「巷道下雨了。」用像女子般細而高的聲音說，充滿血絲的渾濁眼睛瞇成一條線，一臉煩躁的回頭對我們笑。我飛奔出房間，下樓取茶水。拿著茶具與鐵茶壺回到房間時，馬場與太宰已經吵了起來。

太宰雙手交叉的放在光禿禿的後腦勺，「嘴巴說什麼都不重要，到底你有沒有心要做呢？」

「你說什麼！」

「雜誌啊！如果真的要做，我一起作也無妨。」

「你到底是爲了幹什麼而來這裡啊？」

「不知道，被風吹來的。」

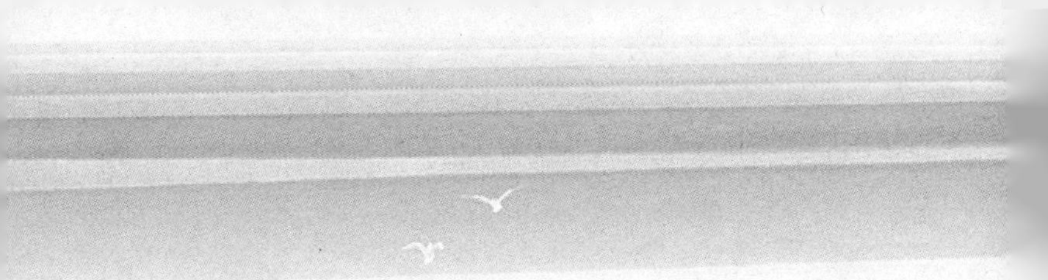

「我可要先說在前頭，對神諭、警語、笑話、還有，你那帶嘲諷的笑容，我敬謝不敏。」

「那麼，我要問你，你爲什麼要叫我來？」

「我每次叫你，不都一定會來嗎？」

「嘛，說得也是。因爲我告訴我自己：不這樣做不行。」

「因爲人維持生計職業的義務是第一。是這樣對吧？」

「隨便你怎麼說。」

「唉呀，你已經領會到奇妙的言詞了嘛。我如果說：『生氣了。啊啊，不好意思，把你找來！』你一定會立刻給我一拳吧！真受不了。」

「你和我從一開始就相互挖苦。沒有誰挖苦人，也沒有誰被挖苦。」

「我存在。懸掛著巨大的睪丸，那麼，爲什麼給我這一樣東西呢？我感到很困擾。」

「或許說得太過分，我覺得你的話非常雜亂無章。爲什麼呢？總覺得你們只知道藝術家的傳記，完全不知道藝術家的工作。」

「你這是責難？還是你的研究發表？是答案嗎？是要我做評分嗎？」

「……你這是中傷。」

「那麼我告訴你，雜亂無章是我的特質，是無與倫比的稀有特質。」

「雜亂無章的看板。」

「懷疑說的破綻出現了。啊啊，算了，我不喜歡對口相聲，你一句我一句的，沒什麼意思。」

「你似乎還不知道自己親手寫的作品出版上市後，被批評打擊的悲傷；不知道去參拜稻荷神之後的空虛感。你們，現在僅通過第一道廟門而已。」

「啐！又是神諭嗎？我雖然沒有讀過你的小說，但如果去除抒情、知性、幽默、諷刺警言與形式的話，我相信自己可以寫下不留下任何痕跡的通俗低級小說。我感受不到你的精神，但感覺得到世俗。感受不到藝術家的氣質，但感覺得到人間的臟腑。」

「我明白了。但是，我得活下去才行。要低下頭說：拜託了。我甚至覺得這也是一種藝術家的作品。我現在正考慮所謂的處世，我不是因爲興趣而寫小說。如果是身份高、因爲興趣而寫的話我一開始就什麼也不會寫。雖然我知道只要下筆，一定可以寫得很好，但在下筆之前，會想爲什麼到現在才有寫的價値？從四面八方眺望，嘛，嘛，最後沒有小題大作的提起筆，結果什麼也沒寫。」

「什麼！你是說，你就是懷抱著這樣的心情來與我們一起辦雜誌的嗎？」

「這次換你想研究我了嗎？算了，隨便你，我也開始想大吼了。」

「啊，這我知道。總之，是想手拿著盾牌站好姿勢準備對抗。但是，不，連轉身的機會都沒有。」

「我喜歡你。我還有沒有手持著盾牌，全部都是從他人借來的東西。不管怎樣的破舊，如果有自己專用的盾牌的話……」

「有啊！」我不由得插嘴說話。「仿造的！」

「對啊。就佐野次郎的程度來說是很好的。一生一世喔，這個。太宰，聽說帶有鬍鬚花紋銀鍍金的盾非常適合你。不，太宰，你已經毫不在乎的拿著盾牌做好準備了，只有我們是毫無準備，完全赤裸的。」

「雖然你們的形容很奇怪，但是，你對赤裸裸的野莓與有外包裝的市場草莓的某一方感到驕傲。所謂鯉躍龍門，是將人直接送入市場的『外面如菩薩』的地獄之門。但是我知道有外包裝的草莓的悲哀。然後最近，我開始對它感到尊敬。我不打算逃跑，我要去它帶我去的地方看看。」太宰歪著嘴巴苦笑。「屆時如果你清醒的話……」

「等一下，不要這樣說。」馬場右手放在鼻尖前無力的搖了搖，阻斷了太宰的話。「如果清醒過來，我們就活不下去。喂，佐野次郎，算了，一點也不有趣。雖然對你不好意思，但我放棄，因爲我不想成爲他人的食物。讓太宰吃的油豆皮，到其他地方找，如果找得到就好了。太宰，海盜俱樂部僅一天就解散，相對的……」然後站起來，很沒禮貌的走向太宰說：「魔鬼！」

太宰右臉頰被打，被打了一個聲音響亮的大耳光。太宰雖然一瞬間完全像個小孩般的哭喪著臉，但立刻咬住青黑的嘴唇，傲然的抬起了頭。我突然感到喜歡太宰的臉；佐竹則眼睛輕輕閉著，裝做睡覺的樣子。

雨到晚上仍沒有停。我與馬場二個人在本鄉的昏暗關東煮小店飲酒。一開始，兩個人像死人一樣一語不發的喝著酒，但過了約二小時之後，馬場終於開始說話了。

「一定是佐竹拉太宰跟他站在一起不會錯，因爲剛才他們二個人一起來到你的住處，他就是會這樣做的男人。告訴你，我已經知道了喔。佐竹曾經私下對你說了什麼對不對？」

「是的。」我幫馬場倒酒，想做點什麼安慰他。

「佐竹想從我這裡搶走你，沒有任何理由。那傢伙懷有很奇怪的復仇心，比我還厲害。不，我也不很明白。不，或許他是一個沒什麼的庸俗男子也說不定。對了，像他這樣的男人，就世人來看是所謂的普通男人吧。但是，算了，放棄辦雜誌反而輕鬆，今夜我可以高枕呼呼大睡！還有，告訴你，我最近說不定將會被斷絕父子關係，說不定一早醒來，我已經是無依無靠的乞丐。什麼雜誌，打從一開始就沒有心想做，因爲喜歡你，不想你離開，所以才會提出海盜等的想法。因爲你爲海盜的幻想而充滿感動，提出種種企劃時的潤澤眼神，是我活下去的價值。我想，我是爲了看這樣的眼睛而一直活到現在的。從你身上我學到了什麼是真正的愛情，覺得自己是第一次知道。你是透明的、純潔的，而且還是——美少年！我覺得在你的眼中，看到了Felxibility（柔軟有彈性）的極致。對了，所謂窺視知性的井底，不是我，不是太宰，也不是佐竹，而是你！很意外的是你。啐！爲什麼我這樣一直說個不停呢？輕薄，狂躁。所謂真正的愛情，是到死都沈默不語的東西；這是小菊告訴我的。告訴你一個大新聞，沒辦法，小菊愛上了你喔。說：死也不會告訴佐野次郎，因爲他是自己喜歡得要命的人。嘴巴說著有反論意味的話，拿了一瓶西打敲了我的頭，好像發瘋似的哈哈大笑了起來。但是你最喜歡誰呢？是太宰？咦！難道是佐竹？不可能吧。對不對？我……」

「我……」我想表明我的想法。「我討厭每一個人，只喜歡小菊而已。比起河對岸的女人，剛才看到小菊時，我發現我愛上了。」

「嘛，算了。」馬場雖然嘴裡唸唸有詞的對我微笑，但卻突然左手掩面的開始嗚咽，用像戲劇台詞般的一種韻律語調說：「告訴你，我不是在哭喔，是假哭喔，是乾哭喔。畜生！大家都這樣罵然後大笑就好了。我從出生時開始到死亡，讓自己不斷胡說八道。我是幽靈，啊啊，請不要忘了我！我是有天生才能的。荒城之月作曲者是誰呢？有人說瀧廉太郎不是我。爲什麼一定要這樣懷疑人呢？如果是謊言就讓它是謊言吧。不，不是謊言。正確的事不嚴正的強烈主張不行。絕對不是謊言。」

我獨自一人恍恍惚惚的走了出去店外，雨還在下，巷道裡下著雨。啊啊，這不是剛才太宰嘴裡唸唸有詞的話嗎？對了，一定是因爲我累了，原諒我吧。啊！模仿了佐竹的口吻。啐！啊啊，連鼓動舌頭的聲音都開始像起馬場來了。這時，我開始被荒涼的疑念所包圍，思考自己到底是誰，不禁戰慄了。我的影子被偷了，是什麼Felxibility（柔軟有彈性）的極致！我開始直直的往前奔跑。牙醫、小鳥店、甜栗店、麵包店、花店、行道樹、舊書店、西洋館，邊跑邊發現自己嘴裡小聲的唸唸有詞。奔跑、電車，奔跑、佐野次郎，奔跑、電車，奔跑、佐野次郎，用荒唐的調子反覆不斷的、反覆不斷的唱歌。啊，這是我個人的創作，是我創作的唯一一首歌。真是太沒出息了！因爲頭腦不好，所以沒辦法。因爲沒出息，所以沒辦法。燈光，噪音，星星，樹葉，號誌，風，啊！

四

「佐竹，你知道嗎？昨晚佐野次郎被電車撞死了。」

「知道啊。早上，我從收音機的新聞裡聽到了。」

「他真是太不幸了。像我，如果沒有上吊，好像很難死掉，但他卻……。」

「然後，你將是最長壽的吧。總之，我的預言很準的。你……」

「有什麼事？」

「這裡只有二百日圓。鶺鴒的畫被賣掉了。因爲想與佐野次郎一起遊玩，拼命的準備了這筆錢，但卻……。」

「給我吧。」

「好啊。」

「小菊，佐野次郎死了。啊，已經不在人世了，不管到哪裡找都沒有了，妳不要哭嘛。」

「是的。」

「給妳一百日圓吧。用它去買漂亮的衣服與腰帶，一定可以將佐野次郎忘掉。水是順從容器的。喂，喂，佐竹。今晚就讓我們二人友好的一起玩玩吧。我帶你去一個好地方，是日本最好的地方。像這樣彼此活著，總覺得也有叫人懷念的事。」

「只要是人，不管是誰都會死。」

富嶽百景

好個嚇人明月夜，富士山顯得很美，在月光照射下，我感到自己彷佛變透明，幻化成了狐狸。富士如滴落般的湛藍，給人有如燐火燃燒般的感覺。

富士的頂角，廣重的富士是八十五度，文晁的富士也是約八十四度，但是根據陸軍實際測量圖所製作的東西及南北斷面圖，發現東西縱斷的頂角是一百二十四度，南北是一百十七度。

不只是廣重、文晁，大多數的繪畫中的富士，都是呈銳角的，山頂尖細、高聳、優雅。至於北齋的富士，其頂角幾乎是三十度上下，描繪出有如艾菲爾鐵塔般的富士，但是，實際的富士，頂角是鈍角，緩緩的擴展開來，東西是一百二十四度、南北是一百十七度，絕對不是俊秀挺拔的高山。

例如，即使我在印度或其他某國，突然遭到鷲鷹的襲擊，撲通的一聲掉落入日本沼津附近的海岸，瞬間看到這座山，應該也不會有所驚嘆吧。

日本的富士山，正因為再次對它懷抱憧憬，所以覺得很棒，如果不是如此，完全不知道那樣庸俗的宣傳，對樸素、純粹空虛的心，又到底能獲得多少共鳴呢？想到這裡，就或多或少覺得它是軟弱的山。低矮，山麓寬廣延伸的相反，卻很低矮。一般擁有這般寬廣山麓的山，至少都會更高上一．五倍。

僅有從十國嶺眺望的富士是高聳的，景色很棒。一開始，因爲雲層的關係，看不到山頂，我從山麓的傾斜程度，判斷那附近可能就是山頂，在雲層的一處做記號，不久雲霧散開仔細一看，卻是錯的。我在比自己事先做記號地方更高出一倍的地方，淸楚看到了綠色的山頂。與其說是嚇了一大跳，倒不如說我感到一陣羞赧的哈哈大笑了，覺得自己太自以爲是了。

人好像一接觸到完全偉大的事物時，首先會胡亂的哈哈大笑似的，全身的螺絲完全鬆動；這也許是很奇怪的說法，但就像是解開腰帶鈕釦大笑的感覺。諸君如果與情人相遇、相遇的瞬間，情人哈哈大笑了出來的話，是値得慶祝的。這時一定不可以譴責情人的無理，因爲情人與你相遇的瞬間，全身上下都已經沈浸在你的完全偉大裡。

從東京的公寓窗口眺望富士山是很辛苦的。在冬天可以淸楚明白的看到，小而雪白的三角稍微露出在地平線上，那就是富士山。沒什麼特別的，像是聖誕節的裝飾用糖果點心，且左邊山肩傾斜細弱，好像從船尾處逐漸往下沈沒的軍艦。

三年前的冬天，我從某人那裡，聽到一個意外的事實，感到無計可施，人生無望。那天夜裡，一個人在公寓的一室，大口大口的喝著悶酒，喝了一整晚的酒都沒有睡覺。天微明，站起來上廁所，從公寓廁所張著鐵絲網的四角窗戶，看到了富士山。忘不了那小而雪白，左側微微傾斜的富士山。

魚販的自行車疾駛過窗下的柏油路，嘴裡唸唸有詞說：喔！今天早上富士山看得特別清楚，好冷喔。我佇立在昏暗的廁所裡，撫摸著窗戶鐵絲網的同時，憂鬱的哭泣，不想再次品嚐那樣的痛苦。

昭和十三年的初秋，抱著重新振作的覺悟，我背了個行李袋出門旅行了。

甲州。這裡的群山的特徵是，山巒起伏的線顯得虛幻而緩緩起伏。在小島烏水這個人的《日本山水論》裡會說：「山巒起伏多，此土有如人間仙境」。甲州的群山，或許有一天會成爲高山中的一奇也說不定。我從甲府市搖搖晃晃坐了一個小時的巴士，來到了御坂嶺。

御坂嶺，海拔一千三百公尺。在該嶺的頂巔上有一家名叫天下茶屋的小茶店，井伏鱒二氏從初夏之時，就開始躲在這裡的二樓工作著。我知道此事所以來到了這裡，如果不會干擾到井伏氏的工作的話，我想租下隔壁一室，暫時在此仙遊。

井伏氏可以工作，我獲得井伏氏的允許，住宿在這家茶店，然後每天，即使討厭，也得正面面對富士山。這個山嶺正當甲府出東海道往返於鎌倉的要衝上，可以說是北面富士的代表性瞭望台，從這裡所看到的富士山，雖然自古就被譽爲富士三景之一，但我卻不是很喜歡。

不但不喜歡，甚至感到輕蔑。實在是太過理想的富士。富士山位在正中央，其下方的河口湖白而寒冷的敞開著，附近的群山靜靜的蹲踞在它的兩側，環抱住整個湖泊。我看了一眼，感到不知所措的紅了臉，這就好像是澡堂的油畫，戲劇的舞台背景，怎麼看都像是訂做出來的景色，所以我羞恥得無法自已。

我來到那山嶺的茶店經過二、三日，井伏氏的工作也告一段落的某個晴朗的午後，我們一起攀登了三之嶺。

三之嶺，海拔一千七百公尺，比御坂嶺稍微高一點。彎腰慢慢地一步一步爬上陡坡，大約一小時後到達三之嶺的頂巔。

撥開長春藤，一步步爬上細窄山徑的我，樣子絕對不是很好看。雖然井伏氏規規矩矩的穿上了登山服裝，一身輕快的裝扮，但是我因爲沒有帶登山服，所以只穿了件棉袍。

茶店的棉袍很短，我的小腿露出了有一尺多，再加上腳穿著從茶店老爺爺那裡借來的膠底鞋，連自己都覺得邋遢，雖然嘗試稍微打扮一下，綁上腰帶，帶上一直掛在茶店牆壁上的舊草帽，但樣子反而愈發奇怪，井伏氏雖然絕不是一個會輕蔑他人外觀穿著的人，但此時還是流露出有點同情的表情。我忘不了他小聲的安慰我說：男人還是不要太在意自己的外觀穿著比較好。

好不容易爬上了頂巔，但卻突然吹來一陣濃霧，即是站在有山頂廣角台之稱的斷崖邊緣，卻完全無法眺望，什麼也看不到。

井伏氏坐在濃霧下的岩石上，慢慢吸煙的同時，放了個屁，似乎顯得很無聊。在廣角瞭望台上有三家茶店並列著，選了其中一家，只有老爺爺與老太婆兩人經營的簡樸茶店，在那裡喝了杯熱茶。

茶店的老太婆一臉同情的說：「這霧來得真不巧，我想再過一會兒霧應該會散去，富士山在前面不遠的地方可以看得非常清楚，」從茶店的裡面拿出一幅富士山的巨大照片，站在崖端，兩手將該照片高高舉起，拚命的解釋說：「剛好就在這裡，像這樣大，這樣清楚的出現在眼前。」

我們一邊啜飲綠茶，一邊眺望她手中的富士山而笑了起來。看到了不錯的富士山，對自己處在深霧中一點也不覺得可惜。

兩天後，井伏氏準備離開御坂嶺，我也一路同行到甲府。在甲府，我與一位姑娘相了親，被井伏氏帶到位在甲府郊區的那位姑娘的家。

井伏氏一身雜亂的登山服裝扮，我則是穿著夏季棉袍、綁著腰帶。姑娘家的庭院裡種滿了薔薇，她的母親出來迎接，帶我們前往客廳，打招呼之後，那姑娘也從房裡出來，我並沒有看那姑娘的臉。

井伏氏與她的母親交談著大人間的種種事情，突然，井伏氏低呼：「哇！富士山。」抬頭看我背後的室內牆上柱與下柱間的橋木。

我也轉身抬頭看後方的室內牆上柱與下柱間的橋木。富士山頂大噴火口的鳥瞰照片被鑲在畫框裡，掛在牆上，好似雪白的睡蓮。我注視了那幅照片之後，再度慢慢轉身回來時，偷偷看了那姑娘一眼。決定了！不管有多少困難，我都要跟這個人結婚，感謝那富士山。

井伏氏那一天回東京，我則再度回到御坂。然後，九月、十月，到十一月的十五為止，都躲在御坂的茶店二樓，一點一點的進行工作，疲累坐著與人談論不是很喜歡的這個「富士三景之一」。

曾經發生過很好笑的事。在當大學講師什麼的一位浪漫派友人，在健行的途中，繞道來到我投宿的旅店，當時，二人來到二樓的走廊上，看富士的同時，我抽著煙說：「實在很俗。怎麼看都不像富士山」。「看了反而叫人羞恥」等自以為是的話，這時朋友突然下巴指說：「咦？那和尚是誰？」

有一位身穿黑色破爛僧袍，拄著長枴杖，年約五十歲的瘦小男子，不斷回頭仰望富士的往山嶺走來。

「是所謂富士見西行的地方吧！很有和尚的樣子。」我覺得那和尚很親切。

「或許有一天會成爲有名聖僧也說不定。」

「別說傻話了，他是乞丐。」朋友冷淡的說。

「不，不，他有脫俗的地方。你看他走路的樣子，不是很有和尚的樣子嗎？聽說以前能因法師曾經在這個山嶺上創作了吟詠富士的詩歌……」

我在說著的同時，朋友笑了起來。

「喂，你仔細看，一點也不像嘛。」

能因法師被茶店所飼養的狗小八所吠，而感到慌張不知所措，那模樣簡直是教人討厭的狼狽。

「果然是不像。」我惱怒的說。

乞丐狼狽難看的左右閃來閃去，最後胡亂丟下枴杖，張惶失措的、張惶失措的拼命的往回跑。

果然不像和尚，如果變成富士是鄙俗的，那麼那和尚也是鄙俗的。現在想起來，仍覺得很愚蠢。

名叫新田的二十五歲溫厚青年，在嶺下山麓的狹長城鎮吉田的郵局工作，他說從郵件上的姓名，獲知我來到這裡，所以來造訪嶺上的茶店。

與他在我二樓的房間聊了一下話，逐漸熟悉起來時，新田笑著說：「其實我有二、三位好朋友本打算與我一起來打攪你，但真的說要來的時候，大家卻又好像不好意思似的全都縮了回去，因為佐藤春夫先生的小說裡描述太宰先生是頹廢，且是性格破產的人，大家都沒想到其實是一個這樣認真正直的人，我又無法勉強抓大家一起來。下次再帶大家一起來，沒關係吧？」

「當然沒關係。」我苦笑著說。「那麼，你是鼓足必死的勇氣，代表你的朋友們前來刺探我的囉。」

「是敢死隊。」新田誠實的承認。「昨晚我還再次讀了一遍佐藤先生的那本小說，然後抱持各種覺悟前來。」

我從房間玻璃窗口凝視著富士山。富士山靜靜的聳立著，覺得好偉大。

「真好啊！富士果然有它好的地方，實在很好。」

我覺得比不上富士。心念轉動，對自己的愛憎感到可恥，心想富士果然是偉大的，果然是很棒的。

「很棒吧？」新田可能覺得我話很奇怪，所以聰慧的笑著。

新田之後帶了許多年輕人前來，全都是安靜的人。大家都稱呼我老師，我認真的接受了這個稱呼。

我沒有什麼值得誇耀的地方，沒有學問，也沒有才能，肉體骯髒，心靈也很貧乏，但唯一的煩惱是，被這群青年們稱之爲老師，卻沈默接受，只有這個煩惱而已。是一點點的自負，但我卻想清楚的擁有這唯一的自負。到底有幾個人知道，像是被任性小孩強求的我的心理苦惱呢？

新田與名叫田邊，擅長短詩的年輕人二人，是井伏氏的讀者，也因爲有這點安心，所以我與他二人感情最好。曾經一次請他們帶我前往吉田。那是個狹長得嚇人的城鎮，有山麓的感覺，是個被富士山擋住了太陽、風吹，像長長延伸的枝莖一般，昏暗而有點寒冷感的城鎮。

沿著道路有清水流過。這是山麓城鎮的特徵，三島也像這樣，清澈的流水潺潺流過城鎮內。當地的人都認真相信那是富士山上雪溶流下的雪水。吉田的水相較於三島的水，不但水量不足，而且骯髒。

我眺望著說那流水，說：「在Guy de Maupassant的小說，裡有一段寫著，某處的一位小姐，每天晚上都游泳過河到貴公子的處所相見，但身上的衣服要怎辦才好呢？不會是裸體吧。」

「對啊。」年輕們也一起思考了，「會不會是穿著泳衣？」

「會不會是衣服放在頭上綁緊，就這樣游過河？」

青年們都笑了。

「還是穿著衣服，就這樣一身溼透的模樣與貴公子見面，二人用暖爐烘乾身體呢？如果是這樣的話，那回去的時候要怎辦呢？又得要弄溼好不容易才烘乾的衣服游回去。真叫人擔心啊。要是貴公子游過來就好了……。因爲如果是男人，即使僅穿著一件丁字褲游泳，也不會很難看。難道貴公子是旱鴨子？」

「不，我想是因爲小姐更愛對方的關係。」新田一臉認真。

「或許吧。外國故事裡的小姐是勇敢而可愛的。一但愛上，就會不顧一切的游過河前去相見，在日本是不可能的。不是有一齣這樣的戲嗎？中間隔著一條河，在兩岸上的男子與公主悲嘆的戲。這時，公主並不需要悲嘆，如果游過去，結果會是如何呢？戲中的河川是極爲狹窄的，嘩啦嘩啦地蹚過河，結果會如何呢？那樣悲嘆是沒有意義的，不值得同情。雖然早晨的大井川，水量很大、不長眼睛，教人多少感到同情，但卻不是難以游過去。緊抓住大井川的木樁，怨天尤人是沒有意義的。啊，有一個人，在日本也有一個勇敢的女性。有一個喔，她很厲害。你們知道嗎？」

「有嗎？」年輕人們的眼睛也亮了起來。

「清姬，爲追隨安珍而游過日高川，拼命努力的游。她很厲害，根據故事書的記載，清姬當時才只有十四歲呢！」

大家邊走邊說著蠢話，終於來到郊外田邊熟知的安靜、古舊旅館。在那裡飲酒，那天晚上的富士很美。晚上十點時，青年們留下我一個人在旅館，各自回家去了。我睡不著，身穿棉袍的走出外面。

好個嚇人明月夜，富士山顯得很美，在月光照射下，我感到自己彷彿變透明，幻化成了狐狸。富士如滴落般的湛藍，給人有如燐火燃燒般的感覺。鬼火，狐火，螢火，芒草，葛葉，我抱著輕飄飄好似沒有腳的心情，直直走在夜路上。只有木屐的聲音，好像不是自己的，是其他生物的一般，喀喀、喀喀的清澈響著。偷偷往回一看，有富士山，湛藍燃燒的浮在空中。我嘆了口氣，維新的志士，鞍馬天狗，我覺得自己是他。稍微回過神，兩手拱在懷裡走著，讓自己看起起來是個非常偉大的男人。

走了好一段路，掉了錢包，我想可能是因爲放了有二十枚的五十錢硬幣，太過沈重，所以才會從懷裡掉落吧。我感到很不可思議，但並不在乎，如果沒有錢，用走的回御坂也無所謂。就這樣走著，但我突然想到往回走在剛才來的路上，說不定會看到錢包。我兩手拱在懷裡，慢慢的走了回去。

富士，月夜，維新的志士，掉了錢包，覺得是有趣的浪漫。錢包在路中間發光，就在那裡，我撿起錢包，回到旅館睡覺。

被富士給騙了，我那天晚上是笨蛋，完全無意識。那天晚上的事，即使現在回想起來，仍會感到特別沈重。

在吉田住了一晚，隔天一回到御坂，茶店的老闆娘就一臉曖昧的笑著，而十五歲的女兒則繃著一張臉。我爲了想告訴他們我並沒有做任何污穢的事，在她們還沒問之前，就已經獨自一人詳細的說明自己昨天一整天的行動了。住宿的旅館名稱、吉田的酒味、月夜的富士、掉了錢包事了，全都一五一十說出，老闆的女兒不再不高興了。

一天早晨，老闆的女兒在茶店外尖聲高喊：「客人！起來看看喔！」我於是勉強的起身，走到走廊上看。

老闆的女兒興奮得紅著一張臉。她靜靜的指著天空，一看，是雪。我嚇了一跳，因為富士山降雪了。山頂上雪白而閃閃發光，心想御坂的富士也是不容輕視的。

「真不錯啊！」

聽到我的讚美，老闆女兒得意的說：「很棒吧？」「這樣的御坂的富士難道仍不行？」蹲著問我說。

或許因為我曾經不時告訴她這樣的富士是庸俗的，所以老闆女兒內心一值都感到頹喪也說不定。

「果然，富士山不下雪是沒有看頭的。」我一臉正經的重新這樣告訴她。

我穿著棉袍到山裡散步，回來時，兩隻手握滿了月見草的種子，將它播在茶店的後門外，「聽好，這是我的月見草喔，我明年會再來看它，不可以將洗滌過的污水灑在這裡喔。」

老闆的女兒點了點頭。

之所以特別選擇月見草，是因爲有個讓我深深認爲月見草很適合富士的理由。御坂嶺的那家茶店，因爲是一戶獨立在山中，所以郵件不會送來。從嶺的山頂搖搖晃晃坐三十分鐘的巴士，會來到嶺麓河口湖畔的河口村這個如其名的寒村，我的郵件就被放置在河口村的郵便裡，我大約得每隔三天前來這裡拿取郵件，選天氣好的日子去。這裡的巴士女車掌，並不會爲遊覽客特別介紹風景，但有時會好像想起什麼似的，用散文式的口吻，語帶憂鬱的低聲說：那是三之嶺、對面是河口湖，湖裡有公魚（若鷺魚）。

在河口局拿取郵件，再搖搖晃晃坐巴士返回嶺上的茶店途中，我的旁邊有一位身穿濃茶色衣服、臉色蒼白端正、年約六十歲，跟我母親很像的老太婆彎腰坐著，女車掌好像想起什麼似的，用既不是說明，也不是獨自詠嘆的語氣，突然說：「大家，今天富士山特別清晰可見喔！」

背著背包的年輕上班族、頭梳大大的日本頭，小心的用手帕遮住嘴角，身穿和服藝妓風女子等，都轉身一起將頭伸出車窗外，眺望著絲毫沒有改變的三角山峰，發出啊、呀、哇的愚蠢驚嘆聲，車內瞬間喧鬧了起來。

但是，坐在我隔壁的隱居者，好像心中隱藏有很深的憂鬱似的，與其他遊客不同，連看也沒看一眼富士，反而一直凝視著與富士反方向、山路沿線上的斷崖。我對此感到有一種全身麻痺的快感，也想讓那老婆婆看看自己那覺得富士是庸俗、一點也不想看的高尚虛無心靈。

想要讓老婆婆看到自己那完全了解她的痛苦、寂寞的共鳴態度，於是偷偷的靠近老婆婆的身邊，以同樣的姿勢，呆呆的眺望著斷崖。

老婆婆也對我有安心感似的，呆呆的說了一句話，「啊，月見草。」用細小的手指指了路旁的一處。雖然巴士咻的通過，但我的眼裡現在卻殘存了僅匆匆看了一眼的金色月見草的鮮豔花瓣。

堂堂的與三七七八公尺的富士山相互對峙，一點也遜色，好像金剛力草一般勇敢直立的那月見草是偉大的，所以月見草很適合富士。

十月過了一半，但我的工作卻遲遲沒有進展，很想與人接觸。夕陽紅艷的腹雲，在二樓的走廊，獨自一人抽著煙，特意不看富士的凝視著有如血滴般的滿山火紅楓葉。出聲喊在茶店前掃集落葉的老闆娘。

「老闆娘！明天會是個好天氣吧。」

好似興奮歡呼的聲音，連自己也嚇了一跳。老闆娘停下掃落葉的手，抬起頭，一臉奇怪的皺眉，問說：「明天有什麼事嗎？」

被她這樣一問，我不知何回答。

「沒什麼事。」

老闆娘笑了出來。

「是不是很寂寞吧？可以去爬爬山啊！」

「即使去爬山，還是得立刻下山，很無聊。不管去爬哪一座山，都只能看到富士山，一想到這個，我就覺得很沈重。」

可能是我的話很奇怪吧，老闆娘只是曖昧的點點頭，又再繼續掃落葉。

睡覺前，輕輕地拉開房間的窗簾，透過玻璃窗眺望富士。有月亮的晚上，富士顏色藍白，像水中精靈一般的聳立著。

我嘆了口氣，啊，看得見富士。星星很大，只有微微暗喜明天將會是好天氣，然後再度輕輕拉上窗簾就寢，但想到即使明天是好天氣，對自己也沒什麼特別的不同，就不禁獨自一人躲在棉被裡苦笑，很是痛苦。

雖然工作——純粹是運筆的事，但比起那痛苦，不，拿筆反而甚至是我的樂趣，但在這之上，我的世界觀、所謂藝術、所謂明日的文學，亦即所謂嶄新，我都還是不明確的，這讓我感到煩惱、感到極爲鬱悶。

樸素的、自然的東西，以及簡潔、鮮明的東西，將它們一舉抓住，直接烙印在紙上，我想除此之外別無其他，就在我這樣想的時候，眼前的富士也別有意味的映入眼中。這個模樣、這個表現，結果或許是我所想的「單一表現」之美，雖然我開始向富士妥協，但不管哪裡的富士，太過於樸素，仍是有教人受不了的地方，如果這個好看，那布袋神的人偶也應該好看。但布袋神的人偶，怎麼都教人受不了，那東西怎麼都不認爲是好表現，這裡的富士，果然有某處是異常的，這異常讓我再度感到困惑。

早晚都看著富士，度過陰鬱的日子。十月底，山麓的吉田鎮有一群娼妓的團體來到御坂嶺，可能是一年一度的開放日吧，她們分乘五輛汽車前來。

我從二樓看這那副景象。被放下汽車的各色娼妓們，像一群被從籠子放出來的傳信鴿一樣，一開始不知往哪裡走，只是成群的動來動去，沈默的擠在一起，但不久之後，異樣的緊張逐漸緩和，開始各自散開四處遊走。

有的認真的選著陳列在茶店店頭的風景明信片、有的佇立眺望著富士山，是昏暗、寂寥，實在是看不下去的景象。二樓一名男子不惜生命的共鳴，對這群娼妓的幸福一點也沒有幫助。

我只能夠看著，痛苦的人痛苦吧！墮落的人墮落吧！與我沒有關係，那是人世間。雖然勉強裝做很冷漠的俯視她們，但我的內心卻是非常痛苦的。

來拜託富士，我突然這樣想。「喂！她們就拜託您了」；以這樣的心情抬頭仰望，富士山直挺挺的聳立在寒空中，那時的富士山看起來就好像身穿棉袍、兩手揣在懷裡，傲然站立的大頭目，我這樣拜託富士後，大感安心、心情變輕鬆，與茶店的六歲小男孩一起牽著名叫小八的長毛獅子狗，不再注視那一群娼妓，出門到山嶺附近的山洞玩耍。

在山洞的入口處，一位年約三十歲的纖瘦娼妓正靜靜的採集著不知名的花草。即使我們從她身旁經過，她都仍是頭也不回的專心的摘著花草。我再度抬頭仰望富士，拜託說：「這名女子也順便拜託您」之後，牽著小孩的手，快步走入了山洞。臉頰、脖子承受從山洞上方滴滴落下的冰冷地下水，毫不在意的大步向前走。

當時，我結婚的事情也遇到了挫折。因為明白確定我家鄉的家人不會給我任何幫助，讓我感到很困擾。之前打如意算盤的自以為家人至少會資助我一百日圓，利用這一百日圓舉辦一個簡單而嚴肅的婚禮，之後家庭的生活開銷，再用我的工作收入來維持。但是，經過二、三次的書信往返，明白家人不會提供任何的資助，讓我感到束手無策。

如果這樣的話，結婚之事被拒絕也是沒辦法的事，懷抱著覺悟，我想總之先

到對方家說明事情的真相，於是獨自一人下山嶺，到甲府的那位小姐家拜訪。

很幸運的，小姐剛好也在家。我被帶到客廳，坐在小姐與其母親的面前，詳細說出所有的事情。

雖然不時變成演講的口吻，很傷腦筋，但對方似乎感受到我的真誠，小姐沈穩的歪這頭問我：「那麼說來，你的家人是反對囉？」

「不，不是反對。」我輕輕的將右手掌按在桌上，回答說：「我想，意思是要我自己辦。」

「沒關係。」母親優雅地笑著的同時，「我們不是什麼有錢人，太過豪華的婚禮反而感到不自在，只要你個人對感情、工作有熱情，那我們就很滿足了。」

我暫時呆呆的眺望著庭院，連回禮都忘了，意識到了眼睛的熱淚，心想要孝順這位母親。

回家時，小姐送我到巴士站。我邊走邊試探說：「如何呢？要不要再稍微交往一陣子呢？」

「不，已經夠了。」小姐笑說。

「有任何疑問嗎？」我越問越蠢。

「有。」

我打算不管對方提出什麼問題，都要誠實回答。

「富士山已經下雪了嗎？」

我因爲這個問題而感到洩氣掃興。

「下了。山頂上。」說著，抬頭往前一看，富士山就在眼前，感到很奇怪。

「什麼？從甲府不是也可以看到富士嗎？故意戲弄我的。」口吻變得像流氓，「現在的問題是愚蠢的，是故意戲弄我的。」

小姐低頭吃吃的笑，「因爲我想你投宿在御坂嶺，不問問富士山的事，會有點失禮。」

真是個奇怪的小姐。

從甲府回來後，我感到肩膀僵硬，痛到連呼吸都困難。

「好舒服喔，老闆娘。還是御坂好啊，好像回到了自己家的感覺。」

晚飯後，老闆娘與她的女兒輪流幫我搥打肩膀。老闆娘的拳頭堅硬、銳利，女兒的拳頭則輕柔、不太有效果，被我要求更大力一點、更大力一點，女兒拿來薪材，咚咚的敲打我的肩膀。如果不這樣的話，無法去除肩膀僵硬，可見我在甲府有多緊張、多努力。

從甲府回來二、三天，我都恍恍惚惚的發呆，也不想工作，只是一邊坐在桌前漫無目的亂寫，一邊抽了七、八包的香煙，或躺著反覆唱著名叫「也磨金剛石」的歌，小說文稿一張也沒有寫。

「客人，去了甲府之後，似乎變差了。」

早晨，我雙手撐著臉頰杵在桌上，閉眼想著種種事情時，在我背後擦拭客廳高台的十五歲老闆女兒，滿懷不高興的，以多少帶點刺的口吻這樣對我說。

我頭也不回的回說：「真的嗎？變差了嗎？」

老闆女兒沒有停下清掃的手，「是啊，變差了。這二、三天，你一點都沒有努力不是嗎？每天早上按編號順序整理客人所寫，散成一堆的原稿，是我最大的樂趣。如果寫得很多，我就會很高興。你知道嗎？我昨天晚上也偷偷來到二樓看看你的情形，但客人你卻頭蓋著棉被，蒙頭大睡。」

我覺得很感謝，說誇張一點，這是對人努力活下去的純粹聲援。沒有思考任何的酬勞，我覺得老闆女兒是美麗的。

到了十月底，滿山的紅葉也變黑、變髒，這時一夜的狂風，滿山就這樣逐漸幻化成了漆黑的冬季枯木，遊客少到屈指可數。

茶店也變寂寥了，有時老闆娘帶著六歲的小男孩外出到山嶺腳下的船津、吉田購物，然後女兒則獨自一人，沒有任何遊客。一整天，我與女兒二人在山嶺上靜靜的生活著。

我在二樓感到無聊，到外面四處晃，走進正在茶店後門洗衣服的老闆女兒身旁，突然大聲笑說：「好無聊喔。」

女兒低著頭，我看了看她的臉，嚇了一跳。因爲她幾乎快要哭出來，一臉明顯恐懼的表情。原來如此，我一臉苦澀的向右繞行，心情很差的快步走向充滿落葉的細小山路。

之後我就特別注意，當老闆女兒獨自一人時，盡可能不要離開二樓的房間。當茶店有客人時，我爲了保護她，才會輕輕的從二樓下來，坐在茶店的一角，慢慢的喝茶。一天，一位新娘模樣的客人，與身穿印有家徽和服的老爺爺二人，坐著汽車前來，在這個山嶺上稍作休息。當時，只有老闆女兒一人在店裡，我仍是從二樓下來，在茶店一角的椅子上坐下、抽煙。

新娘子身穿下襬有花樣的長長和服，後面背著金色的腰帶，頭戴蓋頭，一身堂堂的正式禮服。

因爲是很不一樣的客人，所以老闆女兒也不知該如何是好，只是端出茶給新娘子與老爺爺二人，然後就偷偷的躲在我背後站著，沈默的凝視著新娘子。一生一次的好日子，或許是將從山嶺的彼方，嫁到反方向的船津，或吉田吧！途中在這個山嶺上稍作休息，眺望富士山，即使在一旁看，也覺得很是浪漫，這時新娘突然走出茶店外，站在茶店前的懸崖邊，緩緩的眺望富士。雙腳交叉成X形站著，真是大膽的姿勢。真是個從容的人，我更欣賞的看著新娘、富士與新娘，但不久新娘卻對著富士打了個大哈欠。

「哎呀！」

背後發出了小叫聲，老闆女兒似乎也看到她打哈欠。不久新娘一行人坐上等在外面的汽車下山嶺而去，但之後新娘卻是悽慘的。

「一定已經習慣了。她一定已經是第二次或第三次結婚。可能是新郎在山腳下等著，所以走下汽車眺望富士山，如果是第一次嫁人的新娘，絕對不可能作出那樣厚臉皮的事。」

「打了哈欠喔！」老闆女兒也全力表示贊成。「向那樣張開大嘴大哈欠，實在厚臉皮。客人，你不可以娶像那樣的新娘。」

我忘記自己已經老大不小的年紀，紅了臉。我結婚的事情也逐漸好轉，有位學長要完全幫我包辦一切。結婚典禮在那位學長家舉行，只請二、三位親人與會，

雖然很寒酸但很嚴肅，但我對人情的溫暖，有如少年般的興奮。

進入十一月，御坂的寒氣越來越叫人難忍，茶店準備了暖爐。

「客人，二樓很冷吧？工作的時候，就來坐在暖爐旁如何呢？」

雖然老闆娘這樣說，但我因爲我在眾目睽睽沒辦法工作，所以婉拒了她。老闆娘擔心我，到山腳下的吉田買了個電暖桌回來。我在二樓躲在電暖桌前，打從心裡感謝這家茶店人們的親切，但是眺望著已經有三分之二的身軀被雪所覆蓋的富士山，還有接觸附近群山的蕭條枯木，心想再在這裡忍耐刺骨的寒氣已經沒有意義，便決定下山去。

下山的前一天，我穿這兩件棉袍，坐在茶店的椅子上啜飲熱茶時，兩位像從事文職工作，年輕而充滿智慧的女孩，身穿冬季外套，笑呵呵的從山洞的方向走來，突然在眼前發現雪白的富士，好像被打到般的停住不動，一副像在私下商量的樣子，其中一位戴眼鏡、皮膚雪白的女孩，笑嘻嘻的朝我走過來。

「對不起，可以幫我們拍張照片嗎？」

我不知所措了。我對機械的事不太清楚，對拍照也完全沒有興趣，且身穿著兩件棉袍，被茶店的人笑說像個山賊，樣子很是難看，所以當來自東京、身穿華服的女孩拜託我高水準的事情時，內心感到極度的狼狽。

但是又想，即使是這樣難看的樣子，但對看的人來說，或許有其特殊的地方，覺得我是看起來很會照相的男人也說不定，想到這裡感到有點興奮，我假裝平靜，伸手接過女孩給我的照相機，以平靜的口吻，問了一下快門的按法之後，緊張戰慄的對準鏡頭。

正中間是巨大的富士山，其下方有二朵小小的罌粟花。二人都穿著紅色的外套，二人緊緊靠近擁抱在一起，一臉認真的表情，讓我感到很奇怪。拿著照相機的手顫抖個不停，不知如何是好。忍住笑，對準鏡頭，罌粟花逐漸變清晰、固定。但焦點實在很難掌握，我放棄二個人的身影，只將鏡頭對準富士山，富士山再見了，感謝你的照顧，卡嚓。

「好了，拍好了。」

「謝謝。」

二人齊聲道謝。回家沖洗時，想必會嚇一跳吧！照片中只有巨大的富士山，看不到二人的身影。

第二天，我就下山了。首先，在甲府的廉價旅館住一晚，隔天早上，靠在廉價旅館走廊下骯髒的欄杆旁，眺望富士，甲府的富士躲在群山之後，只露出三分之一的臉龐，很像燈籠酸漿。

女學生

明天，同樣的日子又會再來。幸福，這一生都將不會來吧！晚安！我是一個沒有王子的灰姑娘。明天，我會在東京的哪裡？您知道嗎？我們將不會再見面。

一早，睜開眼睛的心情是有趣的。好像玩捉迷藏時，動也不動的躲入蹲在漆黑的壁櫥中，突然，嘎啦地門被拉開，光線倏地照射進來，然後聽到阿凸大聲叫道：「找到你了！」

好刺眼，運氣真不好，然後一陣怪異的感覺，胸口噗通噗通的直跳，就好像緊抓著和服前襟，略帶羞澀地從壁櫥裡出來，然後突然氣呼呼的感覺。

不，不對，不是那種感覺，應該是更叫人受不了的感覺。

好像打開一個箱子，結果裡面還有個小箱子，把小箱子打開，裡面又有個小箱子，繼續打開，又有箱子，再打開，還有箱子，然後打開了七、八個箱子，最後終於出現了一個骰子般大小的箱子，輕輕地把它打開來一看，裡面卻是空蕩蕩的。有點接近那樣的感覺。

說什麼啪的睜開雙眼醒來，根本是騙人的。我的眼睛不斷地混沌，就像澱粉逐漸往下沈澱，然後上方一點點慢慢澄清，最後感到疲憊而清醒過來。

早上，總感到有點空虛，難過的事不斷湧上心頭，叫人受不了。討厭！討厭！

早晨的我最醜陋不堪了。

也許是沒睡好的關係，此時的我雙腳沈重無力，什麼也不想做。說什麼早晨有益身心健康，那根本是騙人的。早晨是灰色的，一直以來都是如此，是最虛無的。早上躺在床上，總是感到厭世，覺得討厭，心中只充滿對各種醜陋行爲的悔恨，甚至還悶鬱到整個胸口梗塞，渾身難受。

早晨，真是可惡。

我嘗試小聲地呼喚：「爸爸！」感到一陣難爲情，但卻又很開心。我翻身起床，迅速疊好棉被。抱起棉被時，吆喝一聲：「喲咻！」突然間我想到，到目前爲止，我從未想過自己是個會說出像喲咻這般低俗字眼的女孩。

「喲咻！」聽起來好像老太婆在吆喝，真令人討厭。爲什麼我會發出這樣的聲音呢？也許在我身體的某處，正住著一位老太婆，感覺真是不舒服，以後我得要多注意一點。這就像對人們低俗的走路模樣大蹙眉頭的同時，猛然發現自己也是這樣走路的感覺，真教人沮喪萬分。

早上，我總是毫無自信。穿著睡衣坐在梳妝台前，不戴眼鏡的看著鏡子，我的臉龐顯得有點模糊。

雖然最討厭自己臉上的眼鏡，但眼鏡卻也有旁人無法瞭解的好處。我最喜歡摘掉眼鏡眺望遠處，整個世界變得朦朧，恍如夢境、像萬花筒般，感覺很棒。什麼污穢都看不到，只有龐大的物體，鮮明的強烈顏色、光線映入眼簾。

我也喜歡摘掉眼鏡看人。人的臉龐，看起來都變得柔和、美麗、笑容可掬。摘下眼鏡時，我絕對不會想要和其他人發生爭執，也不會口出惡言。只會默默的、茫然的發著呆。那個時候的我總覺得每個人都看起來很良善，會呆然安心，想要撒嬌，心情也變得溫和許多。

可是，我到底還是不喜歡眼鏡。一戴上眼鏡，所謂臉部的感覺就會消失殆盡。從臉部衍生出的各種情緒，浪漫、美麗、激烈、軟弱、天真、哀愁，一切都會被眼鏡給遮掩住，且也無法用眼睛擠眉弄眼的交談。

眼鏡是個妖怪。

我一直很討厭我的眼鏡，總覺得擁有美麗的雙眸是最棒的。即使沒鼻子、嘴巴被隱藏，但看到那雙眼睛，會讓自己想要活得更好的雙眼，就會覺得很棒。

我的眼睛只是大大的，沒有什麼用處，所以一盯著自己雙眼看，就感到相當失望。連媽媽都說我兩眼無神，可說是毫無光彩的眼睛吧！一想到它像煤球，就覺得很沮喪。因爲這樣，我覺得好慘喔！面對鏡子時，每每都深切地盼望它能夠變成濕潤有光彩的眼睛。像碧湖般的眼睛，或像躺在青青草原上望著天空的眼睛，不時映出白雲的流動，甚至連鳥的身影也都照映得清清楚楚。

好想和擁有美麗眼眸的人相遇。

從今天開始就是五月了，一想到這裡，心裡多少有點雀躍。真的很開心，因爲夏天就快要到了。走出庭院，草莓花映入眼簾，父親過世的事實，變得很不可思議。死亡、過世這種事最討厭，實在讓人難以理解，教人納悶。好想念姊姊、分開的朋友，還有好久不見的人。一大早，這些過去的事、前人的事，就像醃黃蘿蔔的臭味般環繞在我周遭，叫我受不了。

加皮、可兒（因為是可憐的狗狗，所以叫牠可兒），兩隻狗一齊跑過來，並坐在我跟前。我只喜歡加皮，加皮的白毛光亮亮的很美，但可兒卻是髒兮兮的。我在撫摸加皮時，清楚地看到可兒在一旁哭泣的表情。

我也知道可兒殘廢，只有一條腿，但我就是不喜歡牠那副悲傷的樣子。就是可憐得叫人受不了，所以我才故意不對牠好。

可兒看來好像隻野狗，什麼時候會被抓去殺掉都很難說，牠的腳都已經這樣了，就算要逃，也跑不快吧！可兒，請趕快到深山裡去，因爲誰都不會喜歡你，還是早早去死吧！

不僅是對可兒，對人我也會做出惡劣的事，欺負別人、傷害別人。我實在是個惹人厭的小孩，坐在屋簷下的走廊上撫摸著加皮的頭，看到映入眼簾的綠葉，突然感到一陣難爲情，好想坐在泥土地上。

我想試著哭泣。屏住氣息，讓眼睛充血，也許會流下一點淚來。我雖然試著做看看，但還是沒辦法，也許我已經變成一個沒有眼淚的女人。

算了，開始打掃屋子。邊掃邊哼著「唐人阿吉」的歌，好像稍微環顧四周的感覺。沒想到平常熱中於莫札特、巴哈的我，居然也會無意識地哼唱「唐人阿吉」，真是有趣。拿起棉被時吆喝著喲咻，打掃時唱著「唐人阿吉」，我想自己該不會已經變得非常糟糕了吧？

再這樣下去，不知道會說出怎樣下流的夢話？我感到非常的不安。不過，又莫名地覺得很可笑，於是停下拿著掃帚的手，一個人笑了起來。

我換上昨天新做的內衣。胸口處刺有一朵小小的白薔薇，上衣一穿上，就看不見這朵花，所以誰都不知道，我感到相當得意。

媽媽正忙著幫人作媒，一大早就披頭散髮出門去。打從我小時候起，媽媽就常爲別人的事盡心盡力，雖然我已習以爲常，但還是對媽媽始終活動的精神感到訝異，深深佩服。也許是爸爸只專注於讀書之故，所以媽媽連爸爸那一份也一起做了。雖然爸爸早已疏於社交，但媽媽卻不斷地與善良的人們接觸。雖然他兩人個性不同，卻能彼此敬重地相處。真是一對沒有醜惡，美好又祥和的夫婦。啊！

我覺得好驕傲、好驕傲。

在味曾湯溫熱前，我坐在廚房口，呆望著前面的雜樹林。我發現以前——剛剛也是這樣，我總坐在廚房口，以同樣的姿勢，想著同樣的事，望著前面的雜樹林，好像瞬間可以感覺到過去、現在、未來的怪異情緒。

這種情形不時發生。和某人坐在房裡說話，視線往桌子角落的方向移動，然後靜止不動，只有嘴巴在動。這時產生奇怪的錯覺，覺得好像什麼時候，自己也曾在同樣的狀態下，談論著同樣的事，覺得以前看過這張桌子的角落，或是過去的事、以前的事又悄悄原封不動來到自己眼前。

不管走在多遠的鄉間野道上，我也一定會認爲以前曾經來過。走路時，我會順手啪的摘下路旁的豆葉，然後想著，的確曾在這條路上把豆葉摘下。而且我相信，不管我走在這條路上多少次，自己都將會在同一地點摘下豆葉。

有一次泡澡時不經意地看著自己的手，想到之後不管過了多少年，在泡澡時自己也會這麼不經意地看著手，想起自己過去曾經這樣做過。一想到這裡，不知怎麼的，心情就沈了下來。

還有，某天傍晚，把飯裝到飯桶時，說是靈光乍現或許有點誇張，但卻感覺到體內有某種東西咻咻地跑來跑去的，該怎麼形容呢？我想應該是哲學的尾巴！我被它打到，腦袋和胸口開始變得透明，一種生命中的輕柔沈靜，一種沈默無聲地搓揉涼粉時的柔軟感，如浪花般地衝擊著我，美麗而輕輕地擴大到我的全身。

此時，我並沒有想到哲學這東西，只是有一種預感，覺得自己會像隻賊貓一般，無聲無息地活下去，這種感覺並不尋常，甚至很可怕。

如果那樣的感覺一直持續的話，人也許會變成神靈附身那樣。我想到基督，不過，可不想當個女基督。

我想一切應該是因爲我很閒，沒什麼生活上的辛苦，無法處理每天所見、所聞的幾百、幾千個感受，所以這些東西才趁著我發呆的時候，幻化成妖怪的模樣，一一浮現出來吧？

獨自一人坐在餐廳吃飯。今年第一次吃到小黃瓜，從青翠的小黃瓜可以知道夏天來了。五月小黃瓜的澀味中帶有一種會使胸口空虛、刺痛、發癢的哀傷。每次獨自在餐廳吃飯時，就好想去旅行，好想搭火車。

閱讀報紙，報上刊登出一張近衛先生（近衛文麻呂）的照片。近衛先生是個好男人，但我不喜歡他的臉，他的額頭長得不好。我最喜歡看報上所刊登的圖書文宣。由於一字一行大概都要花上一百日圓、二百日圓的廣告費，因此為使其發揮最大的效果，一字一句都是人們痛苦地絞盡腦汁擠出來的名句。這樣字字黃金的文章，恐怕世上不多了吧！我莫名的感到心情愉快。

吃完飯，關好門上學。雖然覺得應該不會下雨，但因想帶著昨天從媽媽那邊要來的好雨傘，於是便把它帶在身邊。

這把雨傘是媽媽少女時代所使用的。發現這把有趣的傘，我有點得意，好想拿著這把傘，行走在巴黎的街道上。我想等到戰爭結束後，一定會流行這種夢幻般的復古傘，這把傘和女用的外出帽應該很搭。

穿上粉紅色長裙、開著大襟領的衣服，戴著黑絹蕾絲長手套，在寬帽沿的帽子別上紫菫花，在深綠的季節前去巴黎的餐館吃中餐。然後一臉憂鬱地托著腮幫子，看著窗外川流不息的人群，此時有個人，輕拍我的肩。耳畔瞬間響起音樂，玫瑰的華爾滋。啊！好可笑！好可笑！可惜現實中只有這把老氣奇怪的長柄雨傘。自己真是淒慘可憐！好像賣火柴的少女。

總之，還是去拔草吧！

出門時，稍微拔了一下門前的草，算是幫媽媽的忙。或許今天會有什麼好事發生也說不定。同樣是草，爲何會有想拔除和想放著生長的草呢？既然可愛與不可愛的草外型並沒什麼不同，爲何一定要區分喜歡和討厭的草呢？沒什麼道理。我覺得女人的喜歡或討厭，實在是很任性主觀的。忙了十分鐘後，便急急地趕往車站。穿過田間道路時，頻頻很想要寫生。

途中，路經神社的森林小路。這是我新發現的捷徑，走在林間小路上，不經意地往下看，小麥苗每隔兩吋的到處生長。

一看到青梗小麥苗，就曉得今年軍隊有來過這邊。去年也有大批軍隊和馬匹駐紮在神社森林休息，過了一陣子，再到到這兒看看時，小麥已經像今天一樣迅速的滋長了。但這些麥苗並不會再繼續生長，因爲今年這些同樣從軍隊的桶子中掉落出的小麥，在昏暗的森林裡，完全照不到陽光，很可憐的，長到這個高度就會逐漸死掉吧……。

穿越神社的森林小路，在車站附近，我碰到了四、五名工人。這群工人又如往常對我口出穢言，使我不知如何是好。雖然想超越這群工人先行離去，但若這麼做，勢必又得鑽過他們之間的縫隙，與他們擦身而過，好可怕。不過，話雖如此，若只是站著不動，讓工人先行離去，自己再保持一定的距離，還是需要足夠的膽識。可是這樣的行爲有點失禮，也許工人們會感到很生氣，我身體開始戰慄，幾乎快要哭出來了。對這種哭泣感到很不好意思，勉強對他們笑了笑之後，慢慢地走在他們後面。儘管那時候我只能這麼做，但懊悔並未隨著搭乘電車而消失。真希望自己能早日可以對這無聊的事處之淡然，快點變得堅強、美麗。

電車車廂入口附近有個空位，我把用具輕輕的放在那邊，然後拉直裙襬，準備端坐下去。此時，有個戴眼鏡的男人將我的用具挪開，整個人先坐了下去。

「喂！這是我找到的位子。」聽我這麼說，男人只是苦笑，然後若無其事的看起報紙。仔細想想，真不曉得是誰厚臉皮，也許是我也說不定。

沒辦法，只好把雨傘和書包放到網架上，拉著皮革吊環，一如往常，想看雜誌時，便用單手隨意翻閱數頁，想想事情。

如要讓自己來選書讀，沒有這類經驗的我應該會因而一臉苦喪吧！

我很相信書上所寫的東西。開始閱讀一本書之後，我常會沈溺其中，信賴、同化、共鳴甚至融入於生活之中。等到再閱讀其他書時，我又立刻爲之一變，呈現出另一種樣貌來。

竊取他人的東西，把它好好地改造成自己的東西，這種狡猾是我唯一擅長的才能。但是，我真的很討厭這狡猾，每天反覆著失敗，真是可恥，也許以後自己會變得穩重點。

不過，從這種失敗中牽強附會的扯出道理，然後熟練的加以修飾，編出一套像樣的理論，這似乎是悲苦戲劇所擅長的（這句話好像在某書上讀過）。

我真的不知道哪一個才是真正的自己。當讀的書不見，模仿的樣本又找不著時，我會怎麼辦呢？也許我會手足無措，蜷曲著身子，胡亂地摀住鼻子。不管每天在哪輛電車裡，都是這麼胡思亂想，實在很糟糕！身體還殘留著討厭的餘溫，真受不了。雖然我知道自己必須做點什麼，一定得做點什麼，但究竟怎麼做，才能緊緊的掌握自我呢？以前的自我批判，實在沒什麼意義。批判後，一但注意到討厭的軟弱部分，馬上又對此感到心疼、憐恤，然後做出小題大作是不好的結論，使得批判變成不了了之。看來，什麼都不考慮，才是有良心吧！

這本雜誌有個標題「年輕女孩的缺點」，裡面很多人投書。閱讀時，有種好像在說自己的感覺，覺得好難為情。

還有，寫的人也各自不同，平常覺得這人很笨的人，果然寫出很笨的東西；看到照片覺得很漂亮的人，就會運用美麗的字眼，真滑稽，我吃吃笑著讀下去。宗教家會立刻提出信仰，教育家則自始至終都提到恩惠、恩惠。政治家會用到漢詩，而作家，則大費周章地使用華麗的詞藻，自以爲是。

儘管如此，大家都只描述事實，沒有個性、沒有深度，甚至距正當的希望、野心都還有段遙遠的距離。總而言之，就是沒有理想。就算有批判，也並未具有影響自己生活的積極性。沒有反省，沒有真正的自覺、自愛、自重，即使有勇氣付諸行動，也無法擔負所有結果的責任。雖然能順應自己周遭的生活模式、巧妙地處理問題，但自己卻對生活周遭沒有強大的熱情，沒有真正的謙遜、缺少獨創性。只有模仿。缺少人類原本「愛」的感覺，就算裝得高雅，卻沒有內涵。

除此之外，雜誌還提到了很多的事。真的，讀了之後，教人訝異的地方很多，這是無法予以否定的。

不過，這裡所提出的全部言論都還算相當樂觀，總覺得這種種東西和這群人的心情還有點差距，他們只是寫寫而已。裡面出現了「真正的意義」、「本來的」等形容詞，但到底什麼是「真正的」愛，「真正的」自覺呢？卻沒有刻意的明確說明，也許這群人知道。

若真是這樣，如果他們能具體的用一句話，權威的指示我們往左、往右，不知該有多好！因爲我們已經看不到愛的表現方針，不說那不行、這不行，改以強烈的口吻命令這樣做、那樣做，我們反而會照單全收。

也許大家都沒有自信，在這邊發表意見的人，並非在任何場合都堅持這樣的意見。儘管被斥責說沒有正確的希望、野心，但當我們要追求理想、付諸行動時，這群人該會在各處守衛我們，引領我們吧！

我們隱約知道自己該去的最好地方、想去的美好地方、可以讓自己伸展長才的地方。我們想要有好的生活，也正因爲如此，懷抱著正確的希望、野心。我因爲也想抱持著值得依賴、不爲所動的信念，而感到焦躁不安。不過，身爲女孩，若要將這許多東西具體實現在一個女孩的生活上，想必需要有相當的努力吧！只是，還有母親、父親、姊姊、兄長的想法（嘴巴上雖說有點古板，但絕對沒有瞧不起人生的前輩、老人、已婚人士等的意思，只不過覺得他們應該置於第二或第三順位），也有常往來的親戚，有認識的人、有朋友，還要有個總是用強大力量推動我們的「世俗」。一旦想到、看到、思考到這所有的事情，就不能再吵著要發揮自己的個性。

我不由得認爲，不特立獨行，選擇多數人所走的道路，靜靜的持續前進，才是最聰明的方法。將施予少數人的教育施予大眾，是件悲慘的事情。隨著年齡的增長，逐漸明白學校規定與社會習慣有著極大的差異。完全遵守學校的校規，會被人視爲笨蛋，被說成怪人，無法有所成就，一直貧窮下去。

真的有不說謊的人嗎？有的話，那個人鐵定是個失敗者。在我的親戚當中，有個行爲端正、抱持堅定信念、追求理想、試圖活出自己的人，結果親戚們全都在說他的壞話，當他是個傻瓜。

明白被當成笨蛋就是失敗的我，無法反抗母親和親戚，伸展自己的意志。小時候，當我的意見和大家不同，問媽媽「爲什麼」時，母親就會用一句話敷衍我，且會非常生氣的說：「壞孩子，言行不佳！」然後顯出一臉悲傷的樣子。媽媽也曾向父親告我的狀，但父親只是默默笑著。聽說之後他跟媽媽說我是個「反常的孩子」。後來，隨著自己逐漸長大，我開始變得小心翼翼，即使做一件衣服，也會考慮每個人的意見。

儘管暗自喜愛符合自己個性的東西，想要去愛護它，但就是沒辦法清楚的表現自己的好惡。我總想要成爲他人眼中的好女孩，許多人聚在一起時，總覺得自己好卑賤。扯著謊、聒噪的淨說不想說或違背自己本意的話，因爲覺得這樣對自己才是加分的。也因爲如此，所以對自己覺得很反感。時代道德若能早點改變就好了，這麼一來，自己就不用這麼卑屈，爲了別人的想法而活的戰戰兢兢了。

唉呀！那邊的位子是空的。我從網架上拿下書包和傘，匆忙的擠進裡面。右邊是中學生，左邊是身穿育嬰服，背著孩子的太太。那位太太已上了年紀，但臉上卻塗著厚厚的妝，頭上梳著時下流行的髮型，人還算漂亮，但喉嚨的地方有點黑黑的皺紋，有點悽慘，讓我覺得好討厭、好想揍她。

人站著的時候與坐著的時候，感覺完全不同，一坐下來，就滿腦子想著無意義的事情。我對面位子上坐著有四、五個年齡相仿、外型稱頭的上班族。他們茫

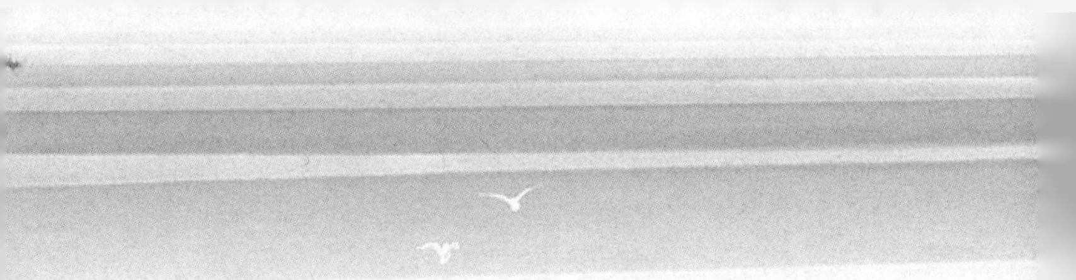

然發呆的坐著，大該都是三十歲上下吧！全都很令人討厭。一副睡眼惺忪的樣子，毫無霸氣。如果我對他們其中一人微笑的話，說不定單憑如此，我就會被拉去與那人結婚不可。女人決定自己的命運，單憑一個微笑就很足夠了。好可怕，真是不可思議，我得要多注意。

早上，淨想這奇怪的東西。突然很想念二、三天前來家裡整理庭園的園丁。他從頭到腳都是園丁的打扮，但他的長相卻怎麼看都不相配。說誇張一點，他有張像思想家的臉孔，皮膚是黑色的，眼睛很漂亮，眉毛也很有威嚴。他的鼻子有獅頭鼻的味道，與黑色肌膚很相稱，看起來一副意志堅強的樣子，嘴唇的形狀也很好，只是耳朵有點髒。一看到他的手才又回過神來意識到他是名園丁，但他那張戴著黑色軟遮陽帽的臉，實在讓人覺得他當園丁太可惜了。曾經三、四次向母親打聽問他是不是一開始就是個園丁，但問到最後還被母親給斥責了一頓。

今天包著書本文具的包袱巾是那園丁第一天來我家時，我向媽媽要來的。那天，家裡在大掃除，修理廚房的工人、榻榻米的工人都來到家中，媽媽也在整理衣櫥，我就是在那時候發現這個包袱巾，把它要下來的。這一條漂亮的女用包袱巾。因爲很漂亮，覺得將它打結非常可惜。我這樣坐著，把它放在膝蓋上，看了好幾次、撫摸了好幾次，好希望電車上的人都能看到它，但可惜沒人注意。只要能看一眼這條可愛的包袱巾，要我嫁給他都無所謂。

想到「本能」這兩個字，我就好想哭。本能是我們意志無法控制的力量，當我漸漸從很多事情上瞭解到這個道理後，我覺得自己幾乎要發狂了。該怎麼做才好呢？我感到很困惑。不能肯定，也無法否定，只覺得頭上似乎有個好大的東西朝我蓋了過來，然後我被它任意拉著走。

被拉著走有種滿足的感覺，也有種悲傷眺望的感覺。爲何我不能過著讓自己滿足，一生只愛自己的生活呢？

看著本能腐蝕著以前的感情、理性，就覺得好難爲情。在稍微忘掉現實的自我之後，我感到有點生氣。知道自己也確實有這樣的本能，我有種想哭的感覺。好想呼喚媽媽、爸爸。不過，也許真實這東西就出乎意料的存在於連自己都很討厭的地方，真是越來越難爲情了。

已經來到御茶水站了。下車一上月台，所有的事情就得忘得一乾二淨。我趕忙回想剛剛發生的事情，但卻怎麼都想不起來。雖然急著想再繼續想下去，但腦袋瓜仍是空空的，什麼都想不起來。儘管當時我是那麼的心情激動，覺得痛苦、羞恥，但一旦事過境遷，它們卻又像什麼都沒發生似的。現在這瞬間，是很有趣的。現在、現在、現在，就在用手指頭計算的時候，現在，早已遠走高飛，而新的「現在」緊接在後。爬著天橋樓梯邊想著這是什麼東西，真是愚蠢。也許我是太幸福了也說不定。

早上小杉老師很美麗，像我的包袱巾那般美麗。美麗的藍色很適合老師，胸前火紅的康乃馨很搶眼。如果沒有「造作」的話，我會更加喜歡這位老師。她太裝模作樣了，似乎有點勉強，那應該也會累吧！

她的個性有令人難以捉摸的部分，有好多我不清楚的地方，明明是性情陰鬱，卻努力故做開朗的模樣。但無論如何，她仍是個有魅力的女人，當老師有點可惜。

儘管教室裡沒有什麼人喜歡她，但我卻一直被她所吸引。我覺得她像是住在山中、湖畔古城的大小姐。

討厭，誇獎她了。小杉老師的話，爲什麼總是那麼艱澀無趣呢？大概是頭腦不好吧！好可悲。從剛才開始就一直針對愛國心講個不停，那事難道我們知道得還不夠多嗎？什麼不管怎樣的人都擁有鍾愛自己出生地的心情，真是無聊。

校園一角，有四朵薔薇綻放著。一朵黃色、二朵白色、一朵粉紅色。我呆望著花想：這真是個好地方，能發現美麗的花應該只有人，而愛花的也是人。

午餐時間，提到妖怪的事，雅絲貝姊姊的第一高中七大不可思議之一的「打不開的門」，惹得大家哇哇大叫。我沒有逃之夭夭，覺得十分有趣。由於玩得很瘋，剛吃飽的肚子又餓了。我從安邦夫人那邊拿了牛奶糖之後，大家又繼續沈迷在恐怖的故事中。每個人都對這許多妖怪故事感到興趣盎然，這對我們應該算是一種刺激吧！接下來所講的就不是怪談，而是「久原房之助（日本實業家）」的故事，故事很奇怪很奇怪。

下午美術時間，大家都到學校校園裡寫生。伊藤老師爲什麼老是折騰我呢？今天，老師要我當她畫圖的模特兒。我早上帶來的舊雨傘很受同學歡迎，大家都爲之騷動，後來伊藤老師知道這件事，便要我撐著傘，站在學校一角的薔薇旁邊。聽說老師要畫下我的姿態，然後參加這次展覽，我答應只當三十分鐘的模特兒。能幫人一點忙，我覺得很高興，不過，與伊藤老師兩個人面對面，卻是非常累人的。他話一直說個沒完，一堆謬論，未免也太關心我了吧！一面素描一面說話，談的全都是我的事。我連回答也覺得麻煩、討厭。

他真是個不乾脆的人，看到他這樣奇怪的笑，明明是老師，卻又表現的害羞怕事、不直爽的樣子，真教我瞧不起。說什麼「想起死去的妹妹」，真叫人受不了。他的人還好，就是動作太多了。

說到動作，因不服輸，自己也做了很多的動作，而且我還很狡猾地故作姿態。實在太裝模作樣了，自己到最後也感到困擾。

「擺了那麼多的姿勢，活像個做作的妖怪。」我這麼說著，然後又擺了個姿勢，一動也不動。就這樣，一邊充當老師充的模特兒，一邊深深地祈禱自己「變自然，變誠實」。不要再讀書了，只有觀念的生活，充滿無意義傲慢的自以爲是，教人輕蔑、輕蔑。沒有生活目標，實在該對人生、生活更爲積極點，老是擺出一副思索、煩惱、自我矛盾的樣子，其實只是自己太過悲傷罷了，只是一味地憐惜自己、安慰自己而已。

是你把自己給高估了！啊！選擇內心是這樣污穢的我當模特兒，老師的畫一定會落選，應該不會美麗。沒辦法，伊藤老師實在是個笨蛋，連我的內衣上有薔薇花的刺繡圖案都不知道。

沈默地擺著同樣的姿勢，我突然非常想要錢，有十塊錢日圓也好。在好想讀「居禮夫人」時，也希望母親能長生不老。當老師的模特兒，真是辛苦，我已經精疲力竭了。

放學後，我和寺廟住持的女兒金子悄悄地去好萊塢剪頭髮。剪好了頭髮，一看，並不是我說所要求的樣子，真教我生氣。怎麼看，都不可愛，好慘，我感到非常沮喪。來到這種地方，偷偷剪了頭髮，覺得自己好像一隻有點骯髒的母雞，現在非常後悔。我們來到這樣的地方，簡直是在自取其辱。

「就這樣去相親如何？」寺廟的小姐非常興奮，說了這樣粗魯的話。她彷彿起了錯覺，好像真的要去相親似的。

她認真地問道：「這樣的頭髮該插怎樣的花？」「穿和服時，該配上哪種腰帶？」真的是什麼都沒有多想的可愛人兒。

「你要跟誰去相親？」我笑著問。

「有道是王八配綠豆啊！」她大聲的回答。

那是什麼意思？我有點吃驚的聽著。寺廟住持的女兒當然是嫁給管寺廟的人最好，一生都不愁吃。她這樣的回答又讓我大吃一驚。

金子似乎完全沒有個性，也因如此，她很像個女孩子。在學校她坐在我旁邊，儘管我和她沒那麼親近，但大家都認爲寺廟小姐是我最好的朋友。她是個可愛的小姑娘，每隔一天寫信給我，常常照顧我，實在非常感謝，可是今天她這麼誇張地興奮，真讓我討厭。

和寺廟小姐分開後，便搭上巴士，不知道爲什麼突然感到很憂鬱。

在巴士裡，我看到了一位討厭的女人。她穿著一件髒領襟的和服，亂蓬蓬的頭髮上捲個髮髻，手腳都很髒，還長著一張男女難辨的紅黑色臉龐。啊！真噁心。那女人有個大肚子，而且還不時詭異地奸笑。

母雞！我想到偷偷跑去好萊塢弄頭髮的自己，大概也跟這個女人沒什麼兩樣。我想起早上電車上坐我旁邊，畫著厚厚濃妝的太太。啊！好髒、好髒！女人真討厭。正因爲自己是個女人，所以很清楚女人的骯髒，就像晚上磨牙般的令人討厭。那種骯髒，像玩弄金魚後，那佈滿全身，怎麼洗都洗不掉的魚腥味，想到自己將這樣日復一日散發著雌性體臭，真希望能在少女時就這麼死亡。

突然想生病，如果能染上重病，使得汗水像瀑布般流出，身體因此變瘦的話，或許就能變得冰清玉潔。或許只要我活著，就怎樣都無法逃離這樣的命運，我漸漸能理解莊嚴的宗教意義。

下了巴士之後，稍喘了口氣。巴士內空氣污濁，簡直教人受不了。還是大地比較好，一踏上土地走路，就開始喜歡自己。我的身體變得有點飄飄然，像隻極端快樂的蜻蜓。回家、回家，看著什麼的回家，看著旱田的洋蔥回家，因爲青蛙叫了，回家吧。試著小聲的唱歌，這孩子真是悠閒啊！我咬牙憎恨起不斷長高的身體，想自己變成好女孩。

回家的田間小路，實在看膩了，我已經不知那是個怎樣寧靜的田莊，眼前只有樹木、道路、田地而已。今天，就讓我試著裝作初來這的鄉下人吧！我是神田附近，一個木屐匠的女兒，出生以來第一次踏上郊外的土地。這鄉下到底看起來像什麼呢？這是個很棒的構想，一個可憐的構想。

我換了一個臉，故意誇張的四下張望。走在低矮的行道樹下，仰著頭，眺望著新綠的枝頭，小聲地「哇！」。過土橋時，窺視著小河川，河水倒映著我的臉，我還模仿狗汪汪叫了幾聲。眺望遠處的田野時，瞇著眼，迎著風，心神盪漾。

「真好！」喃喃的嘆息。

我在神社稍作休息。神社的森林很黑，我慌慌張張地站起身，邊說著：「啊！可怕，可怕！」縮著肩，急急忙忙地穿過森林。就在我對森林外面的光亮故作驚訝，覺得萬物都很新奇，心無旁騖的走在鄉下的道路上時，突然覺得好寂寞。最後，我試著輕輕坐在路旁的草原上。

一坐在草地上，之前雀躍的心情瞬間消失，猛然變得嚴肅起來。安靜地思考最近的自己。爲什麼這陣子自己變得這樣差勁呢？爲什麼老是這樣不安呢？我一直在害怕著某東西。

最近有人對我說：「你越來越俗氣了！」也許真是這樣，我的確很糟糕、很無趣。不行！不行！這樣太軟弱太軟弱了！我大聲地叫出來。

「啐！」我大叫著，想掩飾自己的軟弱，是不可以的。要振作振作！也許我在戀愛。我仰頭躺在青草原上。

試著呼喊「爸爸！」爸爸！晚霞的天空好漂亮，而且暮靄還是粉紅色的。大概是夕陽光線溶解滲透於暮靄之中，暮靄才會變成這樣柔軟粉紅色吧！粉紅色暮靄悠悠地漂流，穿過樹間、飄行在路上、撫摸草原，然後把我的身體團團圍住。髮絲一根根靜靜地閃耀著微弱的粉紅光芒，輕柔碰觸著我。

天空也好美麗，我生平第一次想對天空鞠躬，現在開始相信有神明的存在。天空的顏色到底是什麼顏色呢？薔薇？火災？彩虹？天使的羽翼？大佛院？不對，不是這樣，應該要更莊嚴。

「我好愛這世界！」熱淚盈眶地想。注視著天空，天空慢慢改變，漸漸變成了青色。我不停地嘆息，好想褪去自己的衣裳赤裸。就在這時候，樹葉、綠草變得透明，已經看不見它們的美麗，我輕輕觸摸草地，好想美麗地活下去。

回到家，發現家裡有客人，媽媽也在家裡，照慣例，客廳裡又傳來熱鬧的笑聲。只有我和媽媽兩個人時，不管媽媽的臉上有著怎樣的笑意，她就是不會發出聲，可是與客人談話時，就算臉上一點微笑也沒有，她還是會高聲狂笑。

打過招呼後，我立刻走到裡面，在井邊洗手，然後脫下鞋洗腳。就在這時，一個魚販走過來說：「久等了，銘謝惠顧。」便把一條大魚放在井邊。是什麼魚？我不知道。不過魚鱗很密，像是北海的魚。

把魚移到盤子上後，我清洗雙手，彷彿感覺到北海道夏天的腥臭。我想起前年暑假去北海道姊姊家遊玩的情景。苫小牧的姊姊家，因為靠近海岸的關係，一直有魚腥味。眼前清楚浮起姊姊傍晚一人在空蕩蕩的廚房裡，用白皙的手熟練的處理魚的樣子。那時候，我不知道為什麼很黏姊姊，非常愛慕姊姊，可是那陣子姊姊才剛生下小年，沒多餘的時間顧及我。

一想到此，便感覺冷風從空隙陣陣吹來，心中有一種無法再抱姊姊的細肩，猶如死去般的寂寞心情。

一直站在那個陰暗的廚房一角，失神的憶起姊姊那白皙優雅的手指。過去的事情，往往令人懷念。說到親人，真是個不可思議的東西，儘管對旁人的記憶會隨著遠離而逐漸遺忘，但對於親人，卻淨是思念與美麗的回憶。

井邊的茱萸果有點泛紅，也許再過兩週就可以吃了。去年，很滑稽。傍晚一個人摘著茱萸吃時，加皮正靜靜的看著我，我覺得牠很可憐，便給牠一顆茱萸，加皮馬上把它吃掉。再給牠兩個，加皮又吃掉。我覺得很有趣，於是便搖起茱萸樹。當茱萸果啪搭啦的掉下來時，加皮開始拼命吃茱萸果。笨傢伙！第一次看到會吃茱萸果的狗。我伸著身子，摘下茱萸吃，加皮也在底下吃。

真是滑稽！想到那時的事，就非常想念加皮。

「加皮！」我叫著。

加皮從玄關急急跑過來。突然好想咬加皮，疼愛加皮，我用力抓住加皮的尾巴，牠輕輕咬著我的手。一種突然想哭的衝動襲來，我敲打自己的頭，而加皮此時則若無其事地出聲喝著井邊的水。

進房間，點起燈。一陣寂寥，父親不在。父親不在，讓我覺得家中某處殘留著巨大的空間，感到渾身不舒服。脫下內衣，換上和服，輕吻著內衣上的薔薇花。坐在鏡台前，對於客廳傳來的哄然笑聲，莫名地感到憤怒。媽媽和我二個人的時候還好，可是只要有客人來，很奇怪的，她便會與我疏離，對我相當冷淡，像對待陌生人一般。這個時候我就會非常想念父親，覺得很難過。

窺視著鏡子，我的臉竟顯得神采飛揚。這張臉彷彿是別人的，與我的悲傷、痛苦全然無關，各自悠然伸展著。儘管今天沒有畫胭紅，臉頰卻顯得紅潤，嘴唇小小泛著紅光，好可愛。脫下眼鏡，我淺淺地笑著；眼睛也很好，清清澈澈的。大概是看了很久的美麗夕陽，眼睛才會變得這麼美麗吧。真棒！

興致勃勃地走到廚房洗米，頓時又感到悲傷。好懷念在小金井的家，心中燃燒起強烈思念。在那個美好的家裡，有爸爸、姊姊，媽媽那時也很年輕。每當我從學校回來，都會和媽媽、姊姊在廚房或茶室聊著有趣的事情。我會吵著要點心，不停向兩人撒嬌。有時我也會和姊姊吵架，被責罵後，便會一個人騎著腳踏車跑到很遠的地方，等到傍晚回來，又再快樂的吃晚飯。

那時真的很快樂。那時的自己一點都沒有人際關係的困擾，可以盡情地撒嬌，真好。好像在享受什麼大特權，覺得心安理得，沒有擔心、寂寞，也沒有痛苦。爸爸是個偉大的父親，姊姊也很溫柔，我總是依靠著姊姊。

但隨著年齡的增長，我開始變得令人討厭，特權也突然消失，光溜溜的身子，好醜好醜。只要想到無法再對人撒嬌，眼前便全是是痛苦。姊姊後來嫁人了，爸爸也不在人世了，只剩下我和媽媽。媽媽應該也很寂寞，這陣子媽媽說：「以後再也不會有生命的快樂了。看到妳，我真的一點都不覺得快樂。請原諒我。妳父親不在，幸福也就不再來。」

媽媽看到蚊子會猛然想起爸爸，脫衣服也會想到爸爸，剪指甲時、覺得茶很好喝時，也一定會想到爸爸。就算我再怎麼體恤媽媽的感受，陪媽媽說話，但畢竟還是與爸爸不同。夫妻之愛是世界最強大的東西，一定比親人的愛還要來得尊貴。我一個人煞有其事地想到臉頰泛紅，用溼漉漉的手把頭髮綁起來。

我沙沙地洗米，發自內心的覺得母親很可愛、惹人憐愛，真想好好的照顧她。後來我趕緊解開頭髮，覺得頭髮好像變長了。媽媽從前就很討厭我留短髮，如果把頭髮留長，好好的紮起來給媽媽看，她一定會很高興。可是，我不喜歡做那樣的事逗媽媽開心，覺得好討厭。

仔細一想，這陣子我的侷促不安跟媽媽有很大的關係。我很想做個媽媽心目中的好女兒，但我又很討厭那樣奇怪地討媽媽歡心。如果我什麼都不說，媽媽還是能清楚地瞭解我的感受，且感到安心的話，該有多好。不管我多麼任性，也絕不會成爲世人的笑柄，就算覺得辛苦、寂寞，也會好好掌握最重要原則，愛媽媽、愛這個家。

我很愛這個家，如果媽媽能絕對相信我，悠閒地生活的話，那我就心滿意足了。我一定要變得了不起，要鞠躬盡瘁地工作。現在對我來說，這是我最大的樂趣，是我的人生道路，但媽媽卻完全不信賴我，還一直把我當小孩子。只要我說些孩子氣的話，媽媽就很高興。

這陣子我特地笨手笨腳地拿出四弦琴彈奏給媽媽聽，媽媽像打從心底非常高興地取笑著：「哎呀！下雨了嗎？聽起來好像雨滴的聲音。」好像覺得我是很認真在彈奏四弦琴的樣子，我覺得好慘，好想哭。

媽媽，我已經長大了呀！世上的事情，我什麼都知道，請放心跟我商量。家裡的經濟情形，全部向我吐露。在這樣的情況之下，若有什麼要我幫忙的話，我絕對不會逃跑的。我很堅強，我會當個樸質、勤儉的女兒。真的！這是真的。

啊！突然想起有首歌叫「儘管如此，儘管如此」一個人咯咯的笑了起來。回過神，只見兩手呆滯地提著鍋，像個笨蛋一樣，東想西想。

不行，不行了，得趕快爲客人準備晚餐。剛剛那條大魚該怎麼處置呢？總之先切成三片，抹上味噌吧！這樣吃，一定很美味，做菜絕對要憑直覺。還有黃瓜可以用來作三杯醋。接下來是我拿手的煎蛋，然後，再來一道。

啊，對了！來作洛可可（rococo）。這是我自己發明的。把盤子上的火腿、蛋、芹菜、南瓜、白菜、菠菜這些廚房的剩菜全部集合起來，然後再按照顏色搭配，有技巧排列。這既不麻煩，又很經濟，儘管一點都不可口，但餐桌會被裝飾得很熱鬧華麗，看起來一副很奢侈豪華的樣子。蛋的底下有芹菜葉，旁邊火腿做成的紅色珊瑚礁。白菜的黃葉平鋪在盤子上，既像牡丹花瓣，又像羽毛扇子。綠色菠菜，彷彿是牧場、湖水。

把這樣的二、三個餐盤並列在餐桌上，客人應該會毫不猶豫地想到路易王朝吧！雖然沒那麼好，但既然我沒辦法做出美味的佳餚，至少還能把菜弄得美觀，讓客人目不暇給，騙騙人。料理，外觀是第一要件。

我想這樣應該沒問題。不過，這道洛可可，還是需要一點繪畫天份。對於色彩搭配，若沒有超乎人一倍的敏感，是會招致失敗的，至少必需具備我這樣的纖細。最近查了一下洛可可這個字，它被定義爲只有華麗，內容空洞的裝飾式樣。真好笑！這真是個好答案。美麗之下，還會有什麼內容？純粹的美麗，總是沒意義、沒道德的，就是這麼一回事。因此，我喜歡洛可可。

總是這樣，當我做菜，這個那個的嚐味道時，總會莫名的有種空虛感。我疲憊得要死，心情很陰鬱。所有的努力都已達到飽和，已經不行了，無法再更好了。突然間，猛然感到厭煩，隨便弄一弄味道、裝飾，把一切搞得亂七八糟後，一臉不高興地端出去給客人。

今天的客人特別憂鬱，他們是大森的今井田夫婦和他們七歲的兒子良夫。雖然今井田先生已經年近四十歲，卻像個美男子般皮膚白皙，讓人有點討厭。爲什麼他要抽敷島的煙呢？附濾嘴的香煙，不知爲何，就是讓人覺得不太乾淨。香菸，不用戴濾嘴，抽敷島煙會讓人懷疑此人的人格。他將煙圈一個個吐向天花板，然後說著：「喔，喔，原來如此。」他現在好像是個夜校老師。

他太太，個頭很小，看起來唯唯諾諾，有點粗俗。就算沒什麼事，也會像笑岔氣似的拱起身體，整個人趴在榻榻米上。有什麼好笑的事嗎？那樣誇張地趴著大笑，不禁讓人懷疑她有什麼高尚之處。在現今世上，這類階級的人們大概就是最壞、最卑鄙的吧！這就是所謂的小資產階級、小公務人員。

連小孩也在賣弄著無聊的小聰明，一點都不純真。雖然這麼想，我還是壓抑著所有的情緒，鞠躬、微笑、說話，摸著良夫的頭說：「好可愛，好可愛！」這全都是欺騙大家的謊言，說不定今井田夫婦，比我還要來得純真呢！

大家吃這我做的洛可可，稱讚我的手藝，就算覺得寂寞、生氣、想哭，還是得努力裝出高興的笑臉給他們看。終於，我也可以坐下來和大家一起吃飯了，但對今井田太太聒噪無知的致謝，卻覺得好噁心。好！我不要再說謊了。「這菜一點都不好吃，只是黔驢之技罷了！」儘管我這樣說出事實，但今井田夫婦卻拍著手大笑：「黔驢之技，說得真好啊！」我覺得好不甘心，真想摔出碗和筷子，大聲痛哭。

看我一直忍耐強作歡笑，媽媽也說：「這孩子越來越幫得上忙了！」媽媽！妳明明瞭解我難過的心情，卻為了迎合今井田先生而說出這種話，呵呵笑著。媽媽！實在不用這樣討好今井田這種人。面對客人時的媽媽，不是我的母親，她只是個弱女子。雖然爸爸已經不在了，但我們需要這樣謙卑嗎？一想到此就好難為情，什麼話都說不出來。

回去！回去！我爸爸是個優秀的人，為人體貼且人格高尚，若是因為我爸爸不在，就這麼看不起我們的話，現在就馬上回去！我很想對今井田這麼說，但我還是軟弱地替他們服務，為良夫切火腿、幫今井田太太挾醬菜。

吃完飯後，我立刻躲進廚房，開始收拾，好想一個人獨處。

雖說用不著擺架子，但也沒必要勉強地去迎合那樣的人，和他們一起嬉笑啊！

對那樣的人禮貌，不不，連奉承都是絕對不需要的。討厭！再討厭不過了！不過，我還是盡可能努力了。想到媽媽，她不也對我今天忍著不耐，親切服務的態度感到高興嗎？那樣就夠了。

不過，到底是強硬地區隔交際就是交際、自己就是自己，明確地應對事情、處理事物比較好呢？還是就算被人惡言相向，也絕不失去自我、不隱藏本意的活下去比較好呢？我不知道哪個才對。好羨慕有人可以終其一生的活在和我一樣軟弱、體貼、溫柔的人群中，什麼辛苦都不用遭受，就可以毫不費力地過完一生，也不用刻意去追求任何東西。那樣較好。

儘管壓抑自己的情緒，為別人服務沒有錯，但如果以後每天都要跟剛才那樣勉強自己去陪笑、附和今井田夫婦那種人的話，我可能會因此發瘋。

我突然想到，像我這種人是絕對不能夠進監獄的。非但監獄，連女服務生也當不成。我也不能當人家的太太。不，當妻子就不同了。如果已經徹底決定，覺悟要為這人辛苦一輩子的話，不管多辛苦工作，皮膚曬得多黑，因為能充分感受到生存的價值、生活的希望，所以即便是我，也能做到完美。

這是理所當然的事，我會從早到晚，像隻小白鼠一般，不停地爲他工作，我會努力地搓洗衣物，越是累積很多的髒衣物，我越不會有什麼不愉快的事。我整個人會變得焦躁不安，像歇斯底里般怎樣都靜不下來，就算死也不瞑目，除非把所有髒衣物，一件不留的清洗乾淨、晾到衣架上後，才可以安然死去。

今井田先生要回去了，好像有什麼事，媽媽也跟著一起出去。媽媽還是應聲連連的跟出去。今井田凡事都利用媽媽，雖說只有這次沒有，但我實在好討厭，討厭今井田夫婦的厚顏無恥，好想一拳打過去。將大家送至門口，我一個人茫然地望著薄暮時的道路，此時突然好想哭。

信箱中有晚報和兩封信。一封是給媽媽的，是松阪屋所寄來的夏季大拍賣傳單，另一封是順二表哥寄給我的。

上面簡單地寫著他這次要調到前橋的軍隊，並向媽媽問好。即便是軍官，也不能期待生活輕鬆，但我好羨慕那種每天嚴格、緊湊、規律的生活起居。我想，身體一直保持在井然有序的狀態下，心情應該會變得較輕鬆吧？

像我這樣，什麼事都不想做，就什麼都不做，幹些什麼壞事也無所謂，想要讀書時，又有無限的時間可以讀書，說到慾望，又有很多希望想要實現。如果能給我一個從這邊到那邊的努力範圍，不知道會對我的心情多麼有幫助。狠狠的把我綁住，我反而會覺得感謝。

在戰地工作的軍人，他們的願望只有一個，就是睡個好覺，不管哪本書，都是這麼寫的。不過，在我對士兵的辛苦感到同情之餘，卻也非常的羨慕他們。從厭煩的、瑣碎、空想的洪水中抽離，只渴望著想睡、想睡的狀態，實際上是相當乾淨、單純的。光是想，就有種爽快的感覺。

像我這樣的人，如果能被丟到軍隊生活，好好的接受一番鍛鍊的話，說不定會變成一個有話直說的可愛女孩。儘管如此，就算沒有在軍隊生活過，但世上還是有像小新這樣直率的人。

我實在是個糟糕的女孩、壞孩子。小新是順二表哥的弟弟，雖說和我一樣大，但卻是一個非常乖巧的小孩。在親戚中，不，在世界上，我最喜歡小新。小新他眼睛看不見，想到他年紀輕輕卻失明，不知道那是種什麼樣的感覺。在這樣寂靜的夜晚，他一個人待在房間裡，又會是一種怎樣的心情呢？

如果我們，就算寂寞，也可以讀書、看夜景，多少可以打發一點時間，但小新卻沒有辦法這麼做。他只能沈默。他一直比別人多花一倍的努力讀書，在網球、游泳方面也非常拿手。可是他眼前的寂寞、痛苦，又是個怎樣的情形呢？

昨晚，想到小新的事，上床後我試著闔上眼睛五分鐘。即使是躺在床上閉著眼睛，也覺得五分鐘很長，感到胸口鬱悶。可是小新無論白天、晚上、幾天、幾個月，他都什麼也看不到。如果他能發牢騷、耍耍脾氣、使使性子的話，我還會覺得比較高興，可是小新他什麼也沒說。

我從來沒聽過小新他發牢騷，或對他人惡言相向，不但如此，他還總是語帶開朗、一副天真無邪的樣子。那模樣更加揪住了我的心。

我邊胡思亂想，邊打掃著客廳，然後燒洗澡水。在等洗澡時，我坐在橘子箱上，點著微弱的石灰燈，把學校的作業做完。由於洗澡水還沒有滾，我便把《墨東綺譚》重新讀了一遍。書上寫的事實絕不是什麼噁心、骯髒的事，不過到處可見作者的裝腔作勢，讓人有種老套、不可靠之感。也許是作者上了年紀的關係吧！但是，外國的作家，不管年紀有多大，還是會更大膽的撒嬌、愛著對方。他們這樣子反而不會讓人有討厭的感覺。

這部作品，在日本應該算是本好書吧！從作品裡可以深深的感受到真誠、淡泊，有種清爽的感覺。在這位作家的作品中，這算是最老的一部作品，我很喜歡。我覺得這位作家是個責任感很強的人，由於他非常拘泥於日本的道德，因此反而故意的表現出反抗，創作了許多令人怦然心動的作品。這是情到深處著常會有的誇大表現，刻意的帶上強烈的面具，結果反而使作品的個性轉弱。不過，在這本《墨東綺譚》中有著寂寞的堅強，我很喜歡。

洗澡水開了。點亮浴室的燈，脫去衣服，將窗戶全部打開後，我靜靜的泡在澡盆裡。我試著透過窗戶窺視著珊瑚樹的綠葉，一片片的葉子，此刻因電燈的光線正強烈的閃耀著。天上的星星閃閃發光，不管看了幾次，都是閃閃發光。儘管我抬著頭發呆，故意不去注意自己微微發白的軀體，但還是能恍惚的感覺到它確實存在於視線內的某一個角落。一沈默下來，逐漸發現它與小時候的白不相同，真我叫我難以自容。

肉體不理會自己的情緒，一個人自行成長，真的好難受，教我不知如何是好。對於迅速成爲大人的自己，我卻什麼也不能做，令人難過。除了聽其自然，直盯著自己變成大人外，似乎已經別無他法了，好希望身體能一直都像個人偶。

我試著學孩子那樣將熱水攪得嘩啦嘩啦的響，但心情還是備感沈重。漸漸感覺到今後已經沒有活下去的理由，好痛苦。

庭院對面的空地上，傳來小孩子哭喊的叫聲：「姊姊！」我胸口一緊。雖然不是在叫我，但我卻很羨慕那個小孩所哭喊、依戀的「姊姊」。如果我有個會依賴、會撒嬌的弟弟，只要有一個的話，我就不會每天過著這種不像樣、徬徨的生活。我會幹勁十足的生活下去，然後一生盡全力寵愛弟弟。不管再怎麼艱苦，我都能忍受。我用力的想著，然後深深覺得自己很可憐。

從澡盆站起來，不知爲何，今晚特別想看星星。試著走到庭院，星星好像快要掉下來似的。啊！夏天快到了。青蛙在到處鳴叫，小麥也沙沙作響，不管抬頭看幾次，星星總是閃耀著。

去年，不，不是去年，那已經是前年的事了。當我吵著要去散步時，儘管爸爸人在生病，他也依然跟我一起出去散步。一直都很年輕的爸爸，他教我德語「你到一百，我到九十九」的小曲，告訴我星星的故事，即興吟詩給我聽，拄著枴杖，啐啐的吐著口水，眨著眼睛的跟我一起散步。真是個好爸爸！我默默的仰頭看著星星，鮮明的想起爸爸的事情。從那之後，過了一年，我漸漸變成了壞女孩，有了很多很多屬於自己的秘密。

回到房間，我托著腮幫子坐在桌前看著桌上的百合。好香！一聞到百合的香氣，就算一個人備感無聊，也不會有骯髒的情緒。這朵百合是昨天傍晚散步到車站時，在回家的路上向花店買來的。之後，我的房間像變了個樣似的清爽許多，一拉開紙門，馬上就感受到百合的香氣。

我不知道這會有什麼樣的幫助，但這樣一直看著它，不管是在精神上還是在肉體上，我都覺得自己比所羅門王還要來得奢華。

我突然想起去年夏天的山形。爬山的時候，在山崖腹部，我看到一大片百合綻放著，內心大吃一驚，渾然忘我。但礙於山崖陡峭，怎麼都無法攀登上去，就算自己再怎麼的被吸引，也只能靜靜的看著它們。

就在那時，附近一位不相識的礦工，他默默地爬上山崖，咻的一聲，摘來雙手都抱不了的一大把百合花，然後，面無表情的將把百合花交給我。光那一把就非常非常的多。不論是在多麼豪華的舞台，還是在結婚典禮上，應該都沒有人會擁有這麼多的花。那時我第一次體會到，所謂因花朵而炫目。當我兩隻手張開抱著那純白、大把大把的花束時，我完全看不到前面。

那位親切，讓我非常感動的年輕礦工，現在不知道怎麼樣了？雖然只有這樣的機緣，但每當我看到百合時，一定會想起那位替我到危險地方摘花的礦工。

打開桌子的抽屜，翻了翻裡面，我看到了去年夏天的扇子。白紙上有一位元祿時代的女人放浪地隨便坐著，在那旁邊，有二行用青色酸漿汁所題寫的字。去年夏天，就像煙霧般，從這把扇子冒出來。山形的生活、火車內、浴衣（夏天穿的單薄和服）、西瓜、河川、蟬、風鈴。剎那間，我好想帶著扇子去搭火車。試著將扇子打開，感覺上還不錯。啪啦啪啦的鬆開扇骨，扇子突然變得很輕。

就在我東玩玩西摸摸的時候，媽媽好像回來了。她的心情似乎不錯。

「啊！累死了！累死了！」雖然媽媽這麼說，但是臉上卻沒有絲毫的不高興。誰教她喜歡幫別人做事，這也是沒辦法的。

「真是一言難盡！」她邊說邊更換衣服，然後進去洗澡。

媽媽洗完澡之後，我們二人喝著茶，奇怪地嘻嘻笑著。媽媽好像是想到什麼似的說：「妳前一陣子不是說想看『裸足的少女』嗎？如果真的那麼想去的話，就去看吧！不過，妳今晚得幫媽媽按摩一下肩膀。做完事情再去，會更快樂吧！」

我高興得不得了。我一直都很想去看「裸足的少女」這部電影，但因爲這陣子我都一直在玩，所以心裡便有所顧忌。媽媽發現了這一點，所以故意吩咐我做事，好讓我能大搖大擺的去看電影。

真的好高興！好喜歡媽媽，想到這兒，我忍不住笑了出來。

好像很久沒有和媽媽二人這樣的共度夜晚了。媽媽的應酬實在太多，媽媽應該也是不想被人小看，所以才一直這麼努力吧！媽媽的辛勞彷彿傳到我的身體，我非常瞭解媽媽的疲憊。要好好保重啊！剛剛金井田來時，我還偷偷恨著媽媽，真是丟臉。嘴裡小聲地說著：「對不起！」我總是只考慮自己的事，對媽媽一直採取著驕縱、不講理的態度。

每次媽媽不知道有多麼痛苦，而我總是這麼強硬的反抗她。自從爸爸過世後，媽媽真的變得很脆弱，有時候我會自己：「好苦！受不了！」然後整個人摟住媽媽，但一旦媽媽稍微靠在我身上時，卻又覺得討厭，好像看到什麼髒東西似的，我真是太任性了。媽媽也好，我也好，我們同樣都是弱女子。從現在起，我要滿足於只有二人的生活，隨時爲媽媽著想，和她聊聊以前的事、爸爸的事，即使一天也好，我也要過著以媽媽爲中心的日子，好好的感受生存的價值。

雖然我總是將媽媽放在心上，去關心她、想做個好女兒，但在行動上、言語上，我卻一直是個任性的孩子。而且，這陣子的我，像個孩子似的，連個可愛之處也沒有，淨是骯髒、羞恥。

所謂的痛苦、煩惱、寂寞、悲傷，究竟是什麼樣的東西?具體而言，就是死。儘管我很清楚的知道這種感受，但要用一個字表現時，我還是無法說出一個類似的名詞或形容詞。只是感到忐忑不安，到最後，突然改變。以前的女人，就算被罵說是奴隸、沒有自我的螻蟻之輩、人偶，但比起現在的我，她們還是非常具有女人天性，且心中寬闊，有著逆來順受、坦然應對的睿智，她們知道純粹犧牲自己的美，以及無報酬、完全奉獻的快樂。

「啊!好個按摩師!真是天才啊!」媽媽又在戲弄我了。

「是嗎?因爲我很用心在做啊!不過，我的厲害之處不只在於腰部上下的按摩喔。只有那樣，就太沒用了，我還有更厲害的地方喔!」

我試著直率的想到什麼說什麼，所說的話爽朗的在耳畔響起；這二、三年來，我已經不再這麼天真、乾脆的說話了。在一番自我頓悟、釋放之後，說不定會有平靜的新自我產生出來，我高興的想著。

今晚爲了種種原因要向媽媽道謝，在按摩完後，我順便爲她唸了點小說《Cuore》（義大利作家愛德蒙．阿米契斯Edmondo de Amics的兒童文學，日本譯成《愛的學校》，中文版譯為《愛的教育》）。媽媽知道我在唸這本書，感到很安心，但前幾天，當我唸《喀什米爾的旋花》（旋花，即野牽牛花。這是法國作家喬瑟夫．凱斯魯Joseph Kessel的作品）這本書給她聽時，她看了一下封面之後，臉色便顯得相當的凝重。

不過她什麼也沒說，沈默的將書原封不動的還給我。當時我不太高興，也就沒有再繼續閱讀下去的心情。媽媽應該沒有看過《喀什米爾的旋花》這本書，但感覺上她好像知道裡面的內容。

在寂靜的夜晚，我一個人發出聲音唸著小說《Cuore》，當自己的聲音非常大聲時，旁邊還會有回音縈繞。唸著唸著，有時感到無聊時，便會對媽媽覺得不好意思。由於四周非常安靜，使得我的愚蠢變得相當突出。不管何時閱讀小說《Cuore》，小時候所受到的感動，還是依然會讓我心情激動。想到自己的心還是天真、美麗的，不禁感覺真好。不過唸出聲和用眼睛看，實在有不同的感覺，在驚訝之餘，便住口了。然而，媽媽卻在聽到恩利可與葛洛恩的地方時，開始俯首哭泣。我媽媽也跟恩利可的媽媽一樣，是個優秀美麗的母親。

然後媽媽先行休息。因爲一大早出門的緣故，她顯得相當的疲累。我替她鋪棉被，並啪搭啪搭的輕拍棉被的尾端。媽媽她總是一上床就闔起眼睛。

接著，我到浴室洗衣服。最近我有個怪癖，總是習慣在近午夜十二點時才開始洗衣服。白天洗得嘩啦嘩啦的，總覺得很浪費時間，很可惜。不過，這也許正好相反也說不定。透過窗戶可以看到月亮。我蹲坐著，一邊洗著衣服，一邊偷偷的對著月亮笑。月亮，一臉無知的樣子。

我突然想到，在這相同的一瞬間，也許在某個地方也有可憐、寂寞的女孩，同樣的邊洗著衣服，邊偷偷對著月亮笑。我相信她的確是在笑，她是個在遙遠的鄉下山頂上，於深夜靜靜的後門洗滌衣服的痛苦小女孩。

然後，在巴黎小巷的某間雜亂公寓走廊上，也有一位和我同年齡的女孩正一個人悄悄的洗著衣服，對著這個月亮笑。我一點都感到懷疑，就像真的從望遠鏡內看到一樣，色彩清楚鮮明的浮現在眼前。

誰都不知道我們的苦惱，如果我們現在立刻變成大人的話，我們的苦惱、寂寞說不定就會變得很可笑，一切只能追憶。可是，在成爲大人前，該如何度過這段漫長討厭的期間呢？誰都無法告訴我們。似乎只能置之不理，就像出麻疹一樣。但也有人因麻疹而死，因麻疹而失明，所以不可以放任不管。

儘管我們每天這樣悶悶不樂，動不動就生氣，但在這期間，因失足墮落造成無法挽回的遺憾，就此斷送一生的卻大有人在，甚至還有人心一橫就自殺了。等到悲劇釀成之後，世上的人們就會惋惜的說：「啊！如果再活久一點就會瞭解了，再成熟一點，自然就會知道了！」

然而，就當事者的立場來看，我們可是好痛苦、好痛苦的熬到這個時候。雖然我們拼命努力的側耳傾聽，試圖從這個世上獲取某種東西，但還是反覆著不痛不癢的教訓，唉唉的自我安慰，但我們就是常犯著可恥的過錯。

我們絕不是享樂主義者，若搖指著那遙遠的山峰，說走到那邊會有好風景的話，我們一定會照著去做，我們知道那絕對不是謊言。

可是，此刻我們的肚子卻非常的劇痛，對於腹痛，你們就算看到也會視而不見裝作沒看到，然後告訴我們：「喂，喂，再忍耐一下，能爬上山頂的話，就會好了。」一定是有人搞錯了，最壞的是你。

洗完衣服，將浴室掃一掃，我悄悄的拉開房間的紙門。一拉開門就聞到百合的香味，好清爽，連內心深處都變得透明，有種崇高的虛無感，真是一個好裝飾。當我靜靜的換上睡衣時，睡得香甜的媽媽突然閉著眼睛說起話來，把我嚇了一跳。媽媽時常會做出這種事情，讓我感到驚訝。

「聽到妳說想要買雙夏天的鞋子，今天到涉谷時，我就順便看了一下。鞋子好貴喔！」

「沒關係啦！我沒有那麼想要。」

「可是，沒有的話，會很煩惱吧！」

「嗯！」

明天，同樣的日子又會再來。幸福，這一生都將不會來吧！這我明白，不過，還是相信它一定會來，明天就會來的。睡覺比較好，我故意大聲的躺在棉被上。啊！真舒服。因爲棉被冷，所以背部感到一陣寒意，我突然感到一陣恍惚，朦朧地想起「幸福遲了一夜才來！」這句話。等待著幸福，後來終於按捺不住的跑出家門。隔天，美好的幸福訊息終於來到這個已被捨棄的家中。已經太遲了！幸福遲了一夜才來。幸福是……。

庭院中傳來可兒的腳步聲，啪噠、啪噠、啪噠、啪噠。可兒的腳步聲是有特徵的，由於牠的右前腳比較短，前腳是成O形的螃蟹狀，因此腳步聲中總帶有少許的寂寞。它常在這樣的深夜，徘徊在庭院中，究竟是在做什麼呢？可兒真可憐，雖然今天早上捉弄了牠，但明天我會好好疼愛牠的。

我有個悲傷的毛病，若不將雙手緊緊的蓋在臉上，我會睡不著。我蓋著臉，一動也不動。

快要睡著的心情，是很奇怪的，就像鯽魚、鰻魚用力拉扯釣線一般，總覺得有一股很重，像鉛一樣的力量透過釣線在拉扯著我的頭。一用力拉，我就迷迷糊糊的睡去，稍稍放鬆線，我又突然回復起精神。再用力拉扯，我又迷糊睡去。然後再放一點線。重複三、四次之後，突然被大力拉起，然後一覺到天亮。

晚安！我是一個沒有王子的灰姑娘。明天，我會在東京的哪裡？您知道嗎？我們將不會再見面。

跑吧！美樂斯

美樂斯現在幾乎是全裸的，也無法呼吸，二次、三次從口中噴出了血。太陽慢慢沒入了地平線，當太陽的最後一片殘光將要消失時，美樂斯有如疾風般的奔入了刑場，趕上了。

美樂斯激怒了，決心一定要鏟除那邪惡暴虐的國王。美樂斯不懂政治，是村裡的牧羊人，每天的生活就是吹笛牧羊，但是對於邪惡，卻有高人一倍的正義感。

今天天未亮，美樂斯就從村裡出發，越過原野、越過山，來到十里遠的這個西拉庫斯（Syrakus）市。

美樂斯無父，也無母，也沒有妻子，與十六歲、個性內向的妹妹一起生活。這個妹妹最近將嫁給村裡一位規矩正直的牧羊人，結婚典禮也將近。美樂斯因此爲了購買新娘禮服、喜宴用的美食等，而遠道來到市區。首先，買齊各種必要用品，然後在都市的大馬路上遊逛。美樂斯有個青梅竹馬的朋友，名叫西里濃迪斯，目前在這個西拉庫斯市當石工。接下來打算去拜訪這位朋友。因爲好久沒有見面了，所以期待著去拜訪他。

走著走著，美樂斯覺得街道的樣子很奇怪，嚇了一大跳。太陽已經下山，街道暗下來本來是應該的，但總覺得不只是因爲天黑的關係，整個城市都顯得很寂

寥，連神經大條的美樂斯也逐漸不安了起來。抓住在路上遇到的年輕人，問說發生了什麼事。二年前來到這個城市時，到晚上也仍是燈火通明，大家載歌載舞的，城市應該很熱鬧才對。年輕人搖頭不回答。

再走了一會兒，遇到了一個老爺爺，這次用更強烈的語氣詢問。老爺爺沒有回答。美樂斯雙手搖著老爺爺的身體，再次詢問。老爺爺有所忌憚，看看四周的低聲簡短回答說：「國王殺人。」

「爲什麼殺人？」

「說有人要加害於他，但實際上並沒有任何人想害他。」

「已經殺了很多人了？」

「是的，一開始是國王的妹婿，然後是自己的世子。接著是妹妹、妹妹的小孩、皇后，還有賢臣亞雷基斯。」

「真是駭人，國王瘋了嗎？」

「不，並沒有瘋，聽說是因爲不相信他人的關係。最近連臣子的忠心也有所懷疑，對生活有點奢華的人，都命令他們要交出一名人質。如果抗命就會被釘在十字架上被殺，今天已經殺了六個人了。」

聽了之後，美樂斯感到很憤怒。「真教人受不了的國王，不可以讓他活著。」

美樂斯是單純的男人，直接背著所買的東西，慢慢的走向王宮。他立刻被巡邏的警察所逮捕，因爲經過調查之後，在美樂斯的懷裡搜出一把短刀，而發生了一陣大騷動。美樂斯被帶到國王的跟前。

「你這把短刀是打算做什麼用的？從實招來！」暴君狄歐尼斯以平靜卻很威嚴的口氣質問。國王的臉色蒼白，眉間的皺紋深深刻入。

「爲了從暴君的手中拯救城市。」美樂斯毫不畏懼的回答。

「是你嗎？」國王面帶同情的微笑。「真是沒辦法的傢伙，你並不知道我的孤獨。」

「別說了！」美樂斯迅速起身反駁說。「懷疑人心是最可恥的不良道德。而國王您卻連人民的忠誠也有所懷疑。」

「教我懷疑是正當心理的是你們。人心是無法期待的，人類本來就是充滿私慾的。不可以相信。」暴君深沈的低聲說，嘆了口氣。「我也是希望和平的啊！」

「是爲了什麼的和平？爲了保護自己的地位吧！」這次輪美樂斯嘲笑了。

「殺死沒有罪的人，算什麼和平呢？」

「給我閉嘴，下賤的傢伙。」國王突然抬頭大叫。「嘴巴什麼清高的話都可以說。我無法看透人肚子裡的深處。你現在就要被處以磔刑，到時候就算哭泣求饒我也不會理你。」

「啊，國王您真聰明。您可以自負，我已經有死的覺悟，絕不會乞求活命。只是……」話說到一半，美樂斯瞬間猶豫的將視線落在腳邊，「只是，如果想同情我的話，請在行刑前給我三天的時間，因爲我想替我妹妹舉辦婚禮。三天內讓我在村裡舉辦結婚典禮，我一定會回來。」

「笨蛋。」暴君用沙啞的聲音低笑。「不要說毫無道理的謊言。放出籠的小鳥有可能再回來嗎？」

「會的，會還來的。」美樂斯拚命的保證說。「我會遵守約定。請給我三天的時間，妹妹等著我回去。如果您那樣不相信我的話，可以，我有一位當石工的朋友西里濃迪斯住在這個城市裡。是我獨一無二的朋友，我會請他留在這裡當人質。如果我逃走，到第三天晚上都沒有回來的話，就請您絞殺我朋友。拜託，請您這樣做。」

聽到這番話的國王，用殘虐的心情，暗自偷笑。不要說自以爲是的話，你一定不會來的。我就裝作被你的謊言所騙，放你回去也是有趣的。到第三天殺了代你受刑的男人也是好玩的，然後我再用悲傷的表情說：「所以人是不可以相信的，對那個當替身的男人處以磔刑。」好讓世上正直的傢伙看看。

「我答應你的請求，就叫那個人質來吧。第三天太陽下山之前給我回來。如果遲到，我一定會殺了代替你的人質。你可以稍微遲到沒關係，你的罪我永遠會原諒喔。」

「什麼，你在說什麼？」

「是，是，如果生命重要，就延後來，我明白你的心。」

美樂斯悔恨的跺腳，已經不想再多說話了。青梅竹馬的朋友西里濃迪斯深夜被召入皇宮，在暴君狄歐里斯面前，睽違了二年的好朋友和好朋友相逢了。美樂斯告訴朋友一切的事情，西里濃迪斯無言首肯，緊緊抱住美樂斯。朋友與朋友之間這樣就夠了。

西里濃迪斯被綁了起來，美樂斯立刻出發了。初夏，滿天星斗。

美樂斯那天晚上一睡也沒睡的急急趕了十里的路，回到村子時，已經是隔天早上，太陽已經高掛，村人們已經來到田野開始工作了。美樂斯十六歲的妹妹今天代替哥哥出來牧羊。看到腳步踉蹌走過來，渾身疲憊的哥哥身影大吃一驚，然後吱吱喳喳的不斷追問哥哥。

「沒什麼。」美樂斯努力勉強裝出笑容。「在城裡還有事情沒做，還得立刻回城才行。明天舉行妳的婚禮，早一點比較好。」

妹妹臉紅了。

「高興嗎？我爲妳買來了漂亮的衣服。走，現在就去通知村裡的人們，結婚典禮就在明天。」

美樂斯再度腳步踉蹌的跨步走，回家裝飾眾神的祭壇，準備喜宴的座席，不久倒臥在地板上，連呼吸也沒有的陷入沈睡。

一覺醒來已經天黑了，美樂斯起床立刻到新郎家拜訪。然後拜託說：「因爲有點事情，所以請明天舉行婚禮。」

妹婿聽了，大吃一驚，回答說：「那可不行，這裡都還沒有做準備，請等到葡萄收成的季節。」

美樂斯更強硬說：「等不急了，請一定要在明天舉行。」

妹婿也很頑強，怎麼也肯不答應，一直討論到天亮，才終於說服了妹婿。結婚典禮在中午舉行。在新郎新娘對眾神宣誓結束之後，天空烏雲密佈、滴答滴答下起了雨，最後變成流轉車軸的大雨。列席喜宴的村人們雖然感到有種不祥，但仍是打起精神，在狹窄的家中，忍受悶熱的高聲歌唱、拍手。美樂斯也滿臉喜色的暫時忘卻了與國王的約定。

喜宴入夜後逐漸熱鬧，眾人完全不再介意外面的豪雨。美樂斯希望時光永遠停留在此刻。祈求和這對佳人生活一生，但是，現在自己的身體已經不屬於自己了，不能隨便。

美樂斯鞭策自己，終於決定出發了。到明天日落之前，時間還很充分，心想先稍微睡一覺，然後再出發，那時雨也變小了。

真想多在家裡停留一下。像美樂斯這樣的男人，仍是有不捨之情，走近今宵呆然、酒醉歡喜的新娘。

「恭喜妳。我累了，想小睡一下。醒來後，因爲有重要的事要立刻到城裡。即使沒有我，妳已經有了溫柔體貼的丈夫，絕對不會寂寞。妳哥哥最討厭的是，懷疑他人，還有說謊，我想妳也知道。妳不可以和丈夫之間有秘密存在，我想告訴妳的只有這個。妳的哥哥是個偉大的男人，妳也要爲此感到驕傲。」

新娘做夢似的點了點頭，美樂斯接著拍拍新郎的肩膀，「我們彼此都沒有準備。在我家，所謂的財寶，就只有妹妹和羊，除此之外別無其他，現在全都交給你。還有一點，請以成爲美樂斯的弟弟爲榮。」

新郎雙手互搓，顯得很害羞。美樂斯微笑，也向村人們點點頭，然後離開筵席進入羊圈，像死了一般沈睡了。

一覺醒來已經是隔天清晨天微明的時候。美樂斯跳起來，以爲自己睡過頭了。不，還來得及，現在出發的話，絕對可以趕上約定的時間。今天一定要讓那位國王看看人與人之間是有誠信存在的事實，然後微笑的登上磔台。

美樂斯開始慢慢的做準備，雨似乎也變得很小了。準備好了，美樂斯大大揮動雙臂，有如箭般的疾行入雨中。

我今夜將被殺，爲了被殺而奔跑，爲了營救代替我的朋友而奔跑，爲了打破國王的奸佞邪惡而奔跑，不跑不行。然後，我被殺死，爲了維護從年輕時的名譽。再見了！故鄉。年輕的美樂斯很痛苦，幾度幾乎停下來。

不，不，他一邊大聲的斥責自己的一邊奔跑。走出村落、橫過原野、穿過森林，來到隔壁村時，雨已經停了，太陽高掛，逐漸酷熱起來。

美樂斯用手擦拭額頭的汗，來到這裡就沒關係了，對故鄉已經沒有不捨了。妹妹和妹婿一定會成爲感情融洽的夫婦，我現在應該沒有任何牽掛的事，可以直接前去皇宮。不需要那樣著急，慢慢走吧，心情回到以往的神經大條，開始用優美的聲音哼喜歡的小曲。

搖搖晃晃走了二里、三里，走到全里程的一半時，從天而降的災難讓美樂斯下一跳，停下了腳步。你看，前方的河川。因爲昨天的豪雨，山洪爆發，滾滾濁流衝向下游，猛烈的水勢一舉沖毀了橋樑，發出轟轟巨響的激流、樹葉枝幹沖斷了橋墩。他茫然佇立了，眼睛四處尋找，大聲高呼，但是綁在河邊的小舟全都被浪沖走不見了，連船夫也不見身影。河水逐漸高漲，變得像海一樣。

美樂斯蹲在河邊嚎啕大哭，舉手哀求上帝。「啊，停下來吧，狂暴的濁流！時間一分一秒的過去。太陽也已經來到正中午時分。如果太陽下山前趕不回皇宮的話，好朋友就會因我而死。」

濁流好像在嘲笑美樂斯的呼叫似的，更形激烈奔流。浪花吞噬浪花、捲起、翻起，有時則間歇消失。現在美樂斯也覺悟了，除了游泳橫越過去別無他法。

啊！眾神也請看看吧！現在就發揮不輸濁流的愛和誠的偉大力量給您們看。美樂斯噗咚的一聲跳入了濁流裡，有如百隻大蛇般的巨大狂浪開始和對手拼命爭鬥。將全身的力量集中在手臂上，划開不斷湧上來的漩渦濁流，拼命划動有如獅子般奮力的人類身影，連神看了也感到同情，終於給予垂憐。雖然被濁流所推阻，但終於順利的緊緊抓住了對岸的樹幹。

真幸運，美樂斯像馬一樣震動巨大的身軀，立刻再度疾行。一刻都不能浪費，太陽已經開始西傾了。

氣喘如牛的越過山巔，下山到山腳下時，突然眼前躍出一群山賊。

「站住。」

「幹什麼？我太陽下山之前一定得趕到皇宮，放了我。」

「才不放了你，把身上的東西全都放下。」

「我除了命之外沒有其他東西，而這唯一的性命也將要給國王。」

「想要你的命。」

「那麼，你們是奉國王的命令埋伏在這裡等我的囉？」

山賊們一語不發的棍棒齊飛而上。美樂斯迅速彎曲身體，有如飛鳥般的襲擊靠近自己身邊的一名山賊，奪取他手中的棍棒，「雖然可憐，但我是爲了正義！」猛然一擊，立刻擊倒了三人，然後穿過其他山賊間的空隙迅速走下山巔。

雖然一口氣走下了山巔，但實在很疲勞，再加上午後暑熱的太陽強烈照射過來，美樂斯幾度感到暈眩，雖然打起精神搖搖晃晃走了二、三步，但最後還是彎下了膝蓋，無法站起來，仰天不甘心的大哭了出來。

啊，啊，游泳橫越濁流、擊倒三名山賊的韋陀天（佛教守護和尚、寺廟的守護神），突破障礙走這裡的美樂斯啊！真正的勇者美樂斯啊！今天在這裡累到走不動實在很丟臉。所愛的朋友雖然相信你，但不久將要被殺死；雖然你斥責自己說「將完全讓不相信人性的國王期待實現」，但是全身已經無力，像一條蟲再也前進不了。

倒臥在路旁的草原上，已經身心俱疲了。算了，算了，不像勇者的反抗不滿根性啃食了心的角落。我已經這樣努力了，絕對沒有違背約定的心。神也看到我這一路來的努力，已經努力跑到跑不動了。

我不是沒有信用的信徒，啊啊，可以的話，我想割開我的胸口，讓您看看我鮮紅的心臟，想讓您看只流著愛和誠信血液的心臟。

但是我在這個重要的時刻，卻已經用盡全身的精力精神了。我是悲慘不幸的男人，我一定會被嘲笑。我的一家也會被嘲笑。我欺騙了朋友，在中途倒下，和從一開始就什麼也沒做是一樣的。

啊啊，算了。或許這是我的宿命。西里濃迪斯啊！原諒我吧。你總是相信我，我也未曾欺騙你，我們真的是感情很好的朋友，彼此的胸中從未有暗自懷疑對方的疑雲橫亙。到現在，你仍是一心的等待著我吧！啊，等著我吧！謝謝你，西里濃迪斯，這麼的相信我。

想到這裡，實在受不了。朋友和朋友之間的誠信，是世上最應該誇讚的寶物。西里濃迪斯，我有努力跑了，絕沒有一點要欺騙你的意思。請你相信！我急急忙忙趕到了這裡，突破了濁流，也衝破了山賊的包圍，一口氣奔下了山巔。我已經做到了，啊啊，不要再對我懷抱希望，不要管我，算了。我輸了，真沒用，嘲笑我吧。

國王之前告訴我說：給我晚一點回來。跟我約定如果我遲到，就殺了代替我的人，幫助我活命。我憎恨國王的卑劣，但看看現在，我已經如國王所說的了，我將會遲到吧。國王將會得意的嘲笑我，然後什麼事也沒發生的赦免我吧？

如果是這樣，那我將比死還難過，我將是永遠的背叛者，是地球上最不名譽的人類。西里濃迪斯啊！我也會自殺，讓我跟你一起死吧！我想只有你相信我。不，這也可能只是我個人的一廂願想法，啊啊，可能會變成更沒道德人活下去吧？村裡有我的家，也有羊，妹妹夫婦可能會將我逐出村裡吧。想想正義、誠信、愛，是毫無價值的。殺人求自己生存，這難道不是人類世界的法則嗎？啊啊，全都是愚蠢的，我是醜陋的背叛者，就任性而為。

好累——張開四肢，終於閉上眼睛休息了。

突然耳邊傳來潺潺的流水聲，稍微抬頭，屏息仔細聽，發現腳邊好像有水在流動。踉蹌起身一看，從岩石的的裂縫中湧出一股小小的清流。為啜飲那泉水，美樂斯彎下了身體，雙手掬水喝了一口，發出長長的嘆息聲，覺得好像從夢中醒來一樣，可以走，可以跑。肉體的疲勞消除，也湧現出一點希望，是達成義務的希望，殺死自己保護名譽的希望。

斜陽的紅光投入樹梢，樹葉、枝幹有如燃燒般的閃閃發光。到日落之前還有時間，有等著我的人。有絲毫不懷疑的，靜靜的等待我的人，相信我的人。我的命不是問題，不可以淨說以死謝罪的輕鬆話，我一定得回報他的信賴。現在就只有這件事。跑吧！美樂斯。

我被信賴，我被信賴。剛才那惡魔的輕聲細語，那是夢，是惡夢，忘了它吧。在五臟俱疲時就會突然然夢見那樣的惡夢，美樂斯，你並不可恥，你果然是真正的勇者，不是又再度站起來奔跑了嗎？

太好了！我終於可以以正義之士的身分赴死。啊啊，太陽西沈，逐漸西沈。等一下，上帝啊！我從一出生就是正直的男人，讓我就以正直的男人死去吧。

推開走在路上的行人跳行，美樂斯像黑風般的疾行。原野上的酒宴，穿過酒宴的中央，讓酒宴上的人大吃一驚，踢開小狗、越過小河，比一點一點慢慢西沈的太陽要快上十倍的奔跑。

在和一群旅人唰的擦身而過的瞬間，偷聽到了不吉利的話。「現在那男人已將要被處以磔刑了。」啊啊，因爲那男人，所以我現在才這樣拼命的奔跑。不能讓那男人死掉，趕快，美樂斯。不可以遲到，現在正是展現愛與誠信的時候，樣子怎樣都可以。美樂斯現在幾乎是全裸的，也無法呼吸，二次、三次從口中噴出了血。

看到了，已經可以遠遠看到對面西拉庫斯所在的城市樓塔了，樓塔在夕陽的照射下閃閃發光。

「啊啊，美樂斯先生。」呻吟的聲音隨風飄來。

「誰啊？」美樂斯邊跑邊問。

「我是菲羅斯道拉道斯，是你朋友達西里濃迪斯的弟子。」那年輕的石工也跟在美樂斯的後面，邊跑邊叫道：「已經不行，沒有用了。請不要再跑了，你已經無法救他了。」

「不，太陽還未西沈。」

「現在，國王正要對他處以死刑。啊，你遲到了。很遺憾，如果你能夠再早那麼一點點的話！」

「不，太陽還未西沈。」美樂斯用撕裂胸口的心情，只是凝視著大而紅的太陽，除跑之外別無其他。

「請停下來，請不要再跑了，現在自己的命重要。那人是相信你的，即使被拖到刑場也是平靜的。即使國王殘暴的羞辱他，他也只是回答說：美樂斯會回來，一副堅決相信的樣子。」

「就因爲這樣，所以我才跑。因爲被相信所以才跑。不是來得及、來不及的問題，也不是人命的問題。我是爲了更可怕、更大的東西而跑。跟我跑吧！菲羅斯道拉道斯。」

「啊，你瘋了嗎？那麼就快跑，說不定可以趕得上。快跑。」

不用說，太陽還未西沈，美樂斯用盡最後的力氣奔跑。美樂斯的頭一片空白，什麼也沒想，只是毫無道理的用盡最大努力的奔跑。太陽慢慢沒入了地平線，當太陽的最後一片殘光將要消失時，美樂斯有如疾風般的奔入了刑場，趕上了。

「等一下！不可以殺了那個人。美樂斯回來了，按照約定，現在回來了。」
雖然打算大聲對著在刑場上的群眾大叫，但喉嚨緊縮沙啞，只發出微小的聲音，群眾並沒有人發現到他的到來。

磔刑的柱子被高高豎起，被繩子綑綁的西里濃迪斯環緩被往上吊。美樂斯目擊這一幕，拼著最後的勇氣，如先前游過濁流般的撥開群眾、撥開群眾。

「是我，刑吏！要被殺的是我，美樂斯。以他爲人質的我在這裡！」用盡全力聲音沙啞喊叫，同時爬上磔台抓住被逐漸往上吊的朋友的雙腳。

群衆騷動了，混亂，異口同聲說：「原諒他們。」

西里濃迪斯的繩子被解開了。

「西里濃迪斯。」美樂斯眼睛浮著淚水說。「打我，用力打我的臉頰。我在途中曾經一度做惡夢，如果你不打我，我就連擁抱你的資格都會沒有。打我！」

西里濃迪斯好像全都瞭解似的點頭首肯，打了美樂斯的右臉，響聲響徹了整各刑場。打了之後溫柔的微笑，「美樂斯，打我一拳，以同樣的大聲打我的臉。我這二、三天，曾經一度有點懷疑你，有生以來第一次懷疑你。如果你不打我，我就無法與你擁抱。」

美樂斯也大聲用力的打了西里濃迪斯的臉頰。

「謝謝，我的朋友。」

二人同時說，緊緊相互擁抱，然後喜極而泣的放聲大哭。

群眾裡也聽到感動的啜泣聲，暴君君狄歐尼斯雖然從群眾的背後仔細看著二

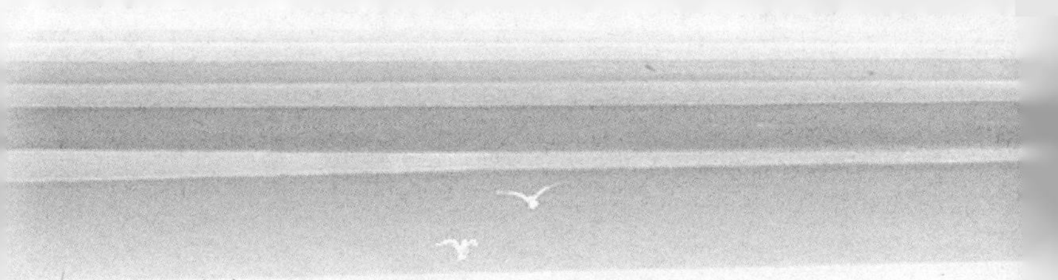

人的樣子，但終於靜靜的靠近二人，面紅耳赤這樣說。

「我讓你們達成願望，你們戰勝了我的心，誠信絕不是空虛的妄想，也讓我加入你們好嗎？我希望你們接受我的請求，讓我成爲你們的朋友。」

群衆之間，突然歡聲四起。

「萬歲！國王萬歲。」

一位少女將緋紅的披風獻給了美樂斯。美樂斯不知所措了，好友體貼的告訴他。「美樂斯，你不是赤裸裸的嗎？快點披上披風吧。因爲這位可愛的女孩覺得讓大家看美樂斯你的裸體是件非常悔恨的事。」

勇者滿臉通紅了。

（取材自古傳說與 Schiller 的詩）

東京八景

我是無知驕傲的無賴漢、也是白癡、下等狡猾的好色男、偽裝天才的詐欺師，過著奢華的生活，一缺錢就揚言自殺，驚嚇在鄉下的親人。像貓狗一樣虐待賢淑的妻子，最後將她趕出。

伊豆南部，是只有溫泉湧出，別無其他的無聊山村，約只有三十戶人家。僅因爲這樣的地方住宿費也便宜的理由，我選擇了這個有如沙漠的山村。

這是昭和十五年七月三日的事，當時我在金錢上稍有餘裕，但之後的情形卻是漆黑的，或許會發生小說一點也寫不下去的事說不定。如果二個月間我完全寫不出小說的話，我應該會一毛錢也沒有。想到這裡，有錢也是一點點，但對我來說，這一點點的富裕卻是這十年來的頭一遭。

我開始在東京生活是昭和五年的春天。當時我已經與H這個女人同居。雖然每個月鄉下的大哥都會送足夠的生活費給我，但愚蠢的我們二人，即使都很謹慎不浪費，到了月底還是總得要拿一、二樣東西到當舖典當。

終於在第六年與H分手了。我只留下了棉被、桌子、電爐和一只行李箱而已，此外還留下高額的負債。二年後，我因爲某位學長的關照，平凡的相親結婚了。再經過了二年，我第一次得以喘口氣，貧乏的創作集也已經被出版了將近有十冊。即使對方沒有來邀稿，只要我努力寫拿去給對方，總會買個二、三篇。今後將是沒有任何任性可愛的大人工作，只想寫自己想寫的東西。

雖然是很少、很不安的富裕，但我真的打從心底感到高興。至少還有一個月的時間，是可以不用擔心金錢的寫作。

我對自己——當時的自己感到像是在說謊，恍惚與不安交錯的異樣感覺攪動了我的心，反而使我無法平靜下來工作，不知如何是好。

東京八景。我總想著有一天要好好慢慢的寫這個短篇小說，想要借當時的風景寫下我在東京十年的生活。我今年三十二歲。就日本的倫理來說，這個年齡已經是將要進入中年的階段。還有，即使我嘗試著尋找自己肉體、熱情，也無法否定這個悲傷的事實。先記下是好的，因爲你已經失去青春了。

有一張與年齡相符臉龐的三十歲男人，東京八景，我想將它當作是與青春訣別的題目，不諂媚任何人的寫下它。

那傢伙也逐漸變成俗物了。那無知的背後壞話，隨著微風一起輕輕飄到了我的耳朵。我每次都在心中強烈的回答：我從一開始就是個俗物，只是大家沒發現而已。這是反抗，當打算以文學爲一生的事業時，愚蠢的人反而會輕蔑的看我，我只能置之一笑。永遠年輕是演員的世界，在文學則沒有。

東京八景，我覺得現在正是我應該寫這篇小說的時候。現在沒有緊迫的約定工作，也有一百多塊的金錢上寬裕。現在不是一味地恍惚、不安的複雜嘆息，在狹窄的房間裡裡中走來走去的時候，我一定得不斷的前進才行。

買了一張東京市的大地圖，從東京車站搭乘前往米原的火車，反覆不斷告訴自己說：這並不是去遊玩，是爲了全心建立自己一生最重要紀念碑的旅行。

在熱海換搭前往伊東的火車，再從伊東搭乘往下田的巴士，沿著伊豆半島的東海岸走了三小時之後，巴士轉彎往南下，在僅有三十戶人家的荒蕪山村下了巴士。我想，這裡的住宿一晚不超過三日圓。憂鬱而難以忍受的破舊小旅店有四家並排著，我選擇了F旅館，因爲我覺得它是四家旅館中算是比較像樣的。

看起來心腸不是很好、粗俗的女中帶領我到二樓房間，我想到自己都這個年紀，不禁想哭。想起三年前我在荻窪所租借的房屋一室，那個租屋在荻窪也是最下等、最便宜的，但是，這個棉被房間隔壁的六帖房間，卻比荻窪的租屋要便宜、寂寥。「沒有其他房間嗎？」

「是的，全都滿了。這裡很涼爽喔！」

「是嗎？」

我好像被戲弄了，可能是因爲服裝很差的關係。「住宿是三日圓五十錢和四日圓二種，中餐費用另外算。要選哪一種呢？」

「請給我三日圓五十錢的房間，中餐想吃的時候再告訴妳。我想在這裡住宿用功十天。」

「請等一下。」女中下樓之後不久，又再度來到房間，「嗯，如果是要長期住宿的話，要先收錢。」

「是嗎？要給多少呢？」

「給多少都可以。」嘴裡含糊說。

「就先給五十日圓吧！」

「啊！」

我將紙幣排在桌子上，逐漸感到受不了。

「全都給妳，有九十日圓。我的錢包只有香菸和錢。」

心想自己怎麼會選這個地方。

「真對不起，我先收下了。」

女中走了，真教人生氣。有重要的工作，所以勉強讓自己接受自己現在身分是只能接受這樣的待遇，從行李箱裡取出了鋼筆、墨水、稿紙。

睽違十年的寬裕竟是這樣的結果。但是我欺騙自己說這樣的悲傷是我命中注定的，忍住怒氣開始工作。

不是來玩，是來努力工作的。我那天晚上，在昏暗的電燈下將東京市的大地圖整個攤在桌上。

有很多年沒有這樣張開東京全圖來看了。十年前，開始在東京居住時，連買張地圖都感到羞恥，怕被人恥笑是鄉下人，幾經猶豫之後，終於下定決心，用自

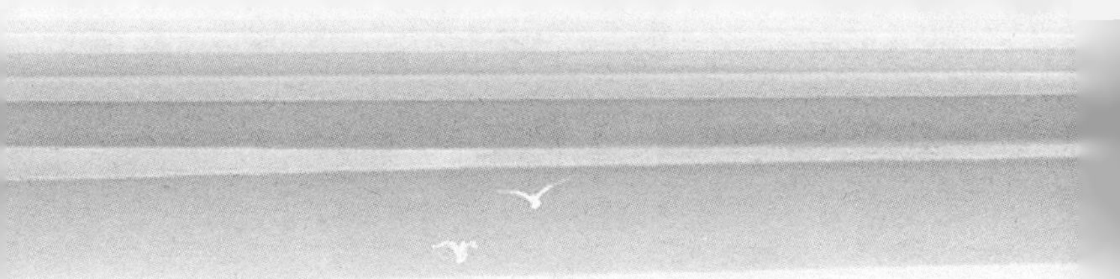

我解嘲的口吻買了一張地圖，然後藏入懷中趕忙走回住宿的地方。晚上，關起房門，偷偷的打開了地圖。紅、綠、黃等美麗的圖畫紋路，我屏息的仔細看，隅田川、淺草、牛込、赤坂，啊……什麼都有。想去的話，不管何時都可以立刻去，我覺得自己好像看到了奇蹟。

現在，即使眺望這個好像被蠶寶寶啃食的桑葉般的東京市全貌，也會聯想起居住其中的人們的各式各樣生活風貌。在這樣無趣的平原上，許許多多的人從日本全國各地蜂擁而至，汗流浹背相互推擠，競爭每一吋土地，一喜一憂、相互嫉妒、反目，雌的呼喚雄的，而雄的只是近乎狂亂的走來走去。

極爲唐突、前後沒有任何的關連，《埋木》這本小說裡悲傷的一行浮現心中。「所謂戀愛，是夢見美事，從事骯髒行爲的東西」，與東京沒有任何直接因緣的語句。

戶塚——我一開始住在這裡。我上面的哥哥曾經獨自一人租了這裡的一棟房子，學習雕刻。我在昭和五年從弘前的高中畢業，進入東京帝大的法國文學系。

雖然我一句法文也不懂，但是我卻很想聽法國文學的課，我有點敬畏辰野隆老師。

我租了一棟距哥哥家有三百多公尺遠，新蓋房子的後面一室。

即使是親兄弟，同住在一個屋簷下，也會發生不愉快的事，雖然我們二人嘴裡都沒有說，但卻互相客氣同意這個想法。所以我們雖然住在同一個城鎮裡，但卻相距了有三百公尺遠。之後過了三個月，這個哥哥病死了，年僅二十七歲。

哥哥死後我也仍然住在戶塚，從第二學期開始幾乎都沒有到學校上課，毫不在乎的協助是人最害怕的、見不得人的非法學生運動。對那自稱是該工作的一環，動作誇大的文學，我以輕蔑的態度接觸，我在那段期間是純粹的政治家。

那一年的秋天，女人從鄉下來找我，是我叫她來的。是H。H是我在進入高中唸書那一年的初秋認識的，已經有三年了。她是個沒有心機藝妓，我為了這個女人在本所區東駒形租了一個房間，是木匠家的二樓。肉體上的關係，在那之前一次也沒有。為了這女人的事，大哥曾經從家鄉上來過。

七年前失去父親的兄弟，在戶塚租賃的陰暗房間相見。大哥對弟弟急劇變化的惡劣態度，流下了眼淚。在一定讓我們結婚的條件下，我答應將這女人交給哥哥。比起驕傲交出的弟弟，接受的大哥一定更是備感痛苦。在交出的前一夜，我第一次跟那女人發生關係。大哥帶著女人回了鄉下，女人始終發著呆，只寄來一封口氣公式而冰冷的信說已經平安到家了，之後就在也沒有寄信來了。

女人似乎極爲安心似的，我因此感到忿忿難平。我讓所有的親人吃驚，讓母親嚐到有如地獄般的痛苦的努力奮戰，但妳卻一人因爲無知的自信而疲倦，真是太差勁了，認爲她應該每天寫信給我才對，應該更愛我才對。女人卻是不會想寫信的人，我絕望了，從早到晚爲協助前面所說的工作而奔走。從不拒絕他人所拜託的事，也逐漸看到自己在這方面的能力極限。我再度絕望了。

銀座酒吧的女人喜歡我。誰都有一度被喜歡的時候，不乾淨的時候。我邀請這女人一起去鎌倉跳海自殺，失敗的時候一度尋死。而那件違背自己心靈的工作也開始失敗，我不想被說卑鄙，所以接受了連肉體上也難以承受的工作。

H只想著自己的幸福。只有妳不是女人，因爲妳不知道我的痛苦，所以要接受這樣的報應，活該。

對我來說，最痛苦的事是與所有的親人離散。因爲與H的事，讓母親、哥哥、嬸嬸失望的自覺，是我自殺的最直接原因之一。女人死了，我卻活著。有關死者的事，以前曾經描述過幾次，是我生涯的黑點。我被關進拘留所，調查的結果是不起訴。這是發生在昭和五年底的事，哥哥們對逃過一死的弟弟顯得溫柔。

大哥解放了H的藝妓之職，隔年二月將她送到了我的身邊。是絕對遵守約定的大哥。H一臉輕鬆的前來，住在五反田的島津公分讓地旁，租金一個月三十日圓的房子。H動作俐落的努力工作，我二十三歲，H二十歲。

在五反田是愚蠢的時代。我完全沒有意志，沒有一點點再出發的希望，只是讓偶而來訪的朋友們高興的生活著。對自己醜態的前科，不但不感到羞恥，還微微感到驕傲，實在是毫無廉恥的低能時期。

學校也是幾乎都沒有去，討厭所有的努力，只是一臉呆然的看著H過生活，真是笨蛋，什麼也沒有做。又再度開始協助之前的工作，但這次卻沒有任何的熱情，是遊民的虛無。那是第一次在東京一角擁有自己家時的自己。

那年夏天搬家了，神田的同朋町，而晚秋搬到神田的和泉町，隔年早春再搬到淀橋的柏木。沒有什麼可說的事，以朱麟堂爲號，專注於俳句的寫作，是老人。

因爲協助前述工作，我再度被抓入拘留所。每次從拘留所出來，我就會聽從朋友們的勸告，搬遷到別的土地。沒有任何感激，也沒有任何嫌惡。如果這是爲大家好的話，就照他們所說的去做，充滿無力感的態度。茫然的和Ｈ二人雌雄同穴度過一天又一天。

Ｈ很快樂，雖然一天會二、三次對我生氣罵髒話，但之後就會若無其事的開始讀英語。我找時間教她，但她似乎不太記得起來，終於可以看懂英文字母之後，不知不覺就停止了。信還是寫得很差，不會想寫；我幫她打草稿，這好像讓她很高興。即使我被警察抓走，也沒有驚慌失措，甚至有將我的思想解釋成任俠行爲的愉快日子。同朋町、和泉町、柏木，我已經二十四歲了。

那一年的晚春，我又再度不得不搬家，且好像有人報警，所以我逃走了。這次是有點複雜的問題，對在鄉下的大哥胡亂說謊，請他一次寄二個月份的生活費給我，然後用這筆錢搬離開了柏木。家中財物、家具分別一點點寄放在各個朋友家，僅帶著隨身的東西，搬到了日本橋八丁堀的木材店二樓的八帖房間。

我化名爲北海道出生，名叫落合一雄的男人，真的很心驚膽戰，珍惜手上所有的金錢，以船到橋頭自然直的無能心態，模糊自己的不安。對明天沒有任何打算，也無法做什麼。有時到學校，在教室前的草皮上，沈默的躺上好幾個小時。

有一天，從一位同高中畢業的經濟學部學生，聽到了討厭的事，感到好像喝到了滾燙的熱水一般。心想難道……反而憎恨告訴我的學生。心想只要問H就可以明白一切，雖然急忙趕回八丁堀木材店二樓，但卻難以說出口。

在初夏的午後，太陽西曬房間，很是悶熱。我讓H去幫我買一瓶Oraga啤酒。當時的Oraga啤酒一瓶二十五錢。喝完那一瓶，說還要再一瓶時，H生氣了。被罵的我也脾氣湧上來，終於努力用沒什麼感情的口吻，告訴H今天從學生那裡聽來的事。H皺眉用鄉下的方言怒道：「真是愚蠢。」僅說了這一句話，就繼續靜靜的縫衣服，絲毫沒有沈重的氣氛。我相信了Ｈ。

那天晚上，我閱讀了不好的東西，是盧梭的《懺悔錄》。盧梭也是因爲自己妻子過去的事，直接刺入教他痛苦的地方，而變得無法忍受。我變得無法再相信Ｈ，那天晚上，終於逼她說出真相。從學生聽來的話全都是真的，且更爲嚴重。覺得再深掘下去，是沒有止境的，我便在中途停止沒有再追究下去。

因爲我在這方面，是沒有責備他人的資格，鎌倉的事件就是如此，但是，我那天晚上還是很憤怒不已。我發覺自己直到那天之前，都將Ｈ當作掌中玉一般的捧在手心，以她爲傲，爲了她而活，只認爲自己救了一個純潔無垢的女人，像勇者一般的單純相信Ｈ所說的話。

連對朋友們，我也表示以她爲傲。因爲Ｈ是這樣性格強的人，所以直到來找我之前，都是守身如玉的。愚蠢的呆子，完全不知道什麼是女人。我一點也沒有憎恨Ｈ欺瞞的想法，甚至覺得對我說出真相的Ｈ是可愛的，想摩擦她的背。我只是覺得很可惜，我覺得討厭，很想用棍棒粉碎自己的生活。總之是再也受不了了，於是我出來自首了。

檢察官的調查告一段落之後，逃過一死的我再度走在東京街頭上。回去的地方除了H的房間以外，別無其他。我急急趕往H住的地方，寂寞的再會，二人都卑屈的微笑，彼此輕握對方的手。搬離八丁堀，遷到芝區白金三光町，租借了大空屋角落的一室。故鄉的哥哥們雖然已經受不了我，但還是私下送錢給我，而H卻像什麼事也發生過的精神奕奕。但我卻逐漸從愚蠢中醒來，寫下了遺書，「回憶」一百張。現在，這個「回憶」變成了我的處女作，我想毫不修飾的寫下自己從年幼時開始的缺點。

那是二十四歲秋天的事。眺望雜草叢生的廣大廢園，我坐在偏遠的一室，完全失去了笑容，我又再度打算自殺。說不愉快，是真的不愉快，是任性的。我仍然是將人生當作一場戲，不，是將戲當作是人生。現在我已經對誰都沒有幫助了，對唯一的H，也因爲他人的手垢而沾上污垢，活下去的理由全然一個也沒有。決心以一個愚蠢、滅亡的百姓的身分自殺。決心忠實演出時代潮流分配給我的角色，一定會輸給別人的悲哀卑屈角色。

但是，人生並不是戲劇，誰都不會知道第二幕是什麼；也有以「毀滅」的角色站上舞台登場，但卻直到最後都不退場的男人。打算留下小小的遺書，而寫下有這樣骯髒小孩的幼年以及少年時期的個人告白，但是，那遺書卻反而讓我極為介意，在我的虛無裡點上了一盞微亮的燭火，無法全心一死。

只是那「回憶」的一篇短文，讓我感到一股莫名的不滿。反正都已經寫到這裡了，想要全部寫完，想要明白說出直到今天為止的全部生活。那個、這個，想寫的東西有一大堆。首先，寫鎌倉的事件，不行，總覺得哪裡有少寫的地方。又再寫了一篇作品，還是不滿意，嘆了口氣，又再著手寫下一個作品，沒有句點，只是小段落的連續。我逐漸被那永遠的惡魔所吞噬，螳螂的斤斧。

我已經二十五歲了，在昭和八年。我今年三月一定得從大學畢業，但是，我不要說畢業，連考試也沒有去考。故鄉的哥哥們並不知道這件事，他們可能認為我雖然一直都在做蠢事，但為了謝罪，一定至少會學校畢業給他們看。好像偷偷期待著我是個至少有這麼一點點誠實的傢伙，但我卻完全背叛了他們。

沒有畢業的想法，欺騙信賴自己的人，是有如瘋狂地獄一般。之後的二年間，我都住在那地獄之中。明年一定要畢業，雖然向大哥泣訴請再給我一年的時間，但我卻背叛了。那一年也是如此，那一年的翌年也是如此。

在只是想死的猛烈反省、自嘲和恐懼中，也死不了的我，全心努力於所謂任性遺書的一連串作品。如果完成的話，或許他會覺得那不過是青澀做作的感傷罷了，但我卻對那感傷拼了老命。

我將寫好的作品三、四篇存放在一個大紙袋裡，作品數也逐漸增加起來。我用毛筆在紙袋上寫下「晚年」二個字，打算將它當作一連串遺書的題目，是到此結束的意思。

因為乏的空屋已經找到買主，所以我們不得不在那年的早春搬家。因為學校無法畢業，故鄉送來的生活費也減少了相當多，不得不更加節省。搬到杉並區天沼三丁目，借住在朋友家的一間房間。朋友人在報社工作，是偉大的市民，之後的二年間，一起居住，真的很受到照顧。我更沒有從學校畢業的想法，雖然很愚蠢，但我一心只想完成那作品集。

因爲怕被唸什麼，所以我對那位朋友，也對H暫時扯謊說明年可以畢業。一星期約有一次，會整齊穿著制服出門，在學校圖書館隨便借書來亂翻，有時打盹，或有時打作品的草稿，到傍晚才離開圖書館回天沼。

H和那位朋友絲毫都沒有懷疑我。表面上雖然沒有事，但我私底下卻很焦慮，一刻一刻日益焦慮，很想在故鄉所送生活費中斷之前唸畢業，但是實在很難。又失敗了，我已經被醜陋的惡魔吞噬到骨髓了。

經過了一年，我沒有畢業。哥哥們雖然非常的生氣，但我還是照往常的泣訴，扯謊說明年一定讓自己畢業。除此之外，已經沒有要他們寄錢的藉口了。實情實在很難對任何人開口，我並不想製造共犯者，希望他們完全當我是流浪在外的兒子。相信這樣的話，我周圍的人也站得住腳，不再被我所連累。

爲了寫遺書，還要一年的蠢話，實在說不出口。雖然我被人認爲是自私自利的不切實際夢想家，但我卻對此感到極為厭惡。哥哥們也是，如果我說出那般非實際的事情，想必一定不會想寄錢給我，甚至會停止寄錢吧。

如果明知實情卻仍然寄錢給我的話，哥哥們將會被後世的人認為是我的共犯者吧。這一點我討厭，雖然這有點像我不得不變成狡詐的弟弟，欺騙哥哥們的盜賊歪理，但我卻是很認真的這麼想。

我仍然一星期一次，穿著制服去學校。H，還有在報社的朋友都相信我明年一定會畢業，我被逼到了窘境，每一天都是黑暗的。

我不是壞人！欺騙人是一種地獄。

終於搬到了天沼一丁目。因為三丁目通勤上班不便，朋友那年春天搬到了一丁目的市場裡，位在荻窪車站的附近。受到邀請，我們也一起搬遷，租借同一家的二樓房間。我每天晚上都睡不著，喝便宜的酒，不斷的吐痰。雖然心想或許是生病了，但我卻沒有時間關心此事，想要早一點整理好紙袋中作品集。雖然是很任性很自以為是的想法，但我想將它留下來當作是對大家的謝罪，這是我可以做的所有事。

在那一年的晚秋，我終於寫完了。在二十幾篇中只選出了十四篇，而其他的作品則與寫剩下的稿紙一起燒掉了。總共可以放滿一個行李箱，拿出到庭院，全部燒掉。「喂，爲什麼要燒掉呢？」Ｈ那一晚突然問我。我微笑回答說：「因爲已經不要了。」她又再度重複問：「爲什麼要燒掉呢？」還哭了。

我開始收拾身邊的東西，分別歸還向他人借來的書籍，將書信、筆記本賣給了收破爛店。在「晚年」的袋子裡，偷偷放了兩封信。準備已經做好了，我每天晚上都出去喝便宜的酒，還怕跟Ｈ打照面。

最近一位學友問我要不要參加同人雜誌。我有點半開玩笑的說：如果是用「青花」這個名字的話，參加也無所謂。結果玩笑成真，來自各方的同好都來找我，我和其中的二個人很快變成非常要好的朋友。我在那裡燃燒了所謂青春的最後熱情，是死亡前一夜的亂舞，一起喝醉，開始毆打低能的學生們。像親人一般的愛骯髒的女人，Ｈ的櫃子在Ｈ不知情的情形下，已經完全變空了。

純文藝冊子「青花」在那一年的十二月出版，只出了一冊，夥伴就全四散了，我驚愕於毫無目的的異樣狂熱。之後，只留下我們三人。被認爲是三個蠢蛋。但我們三人卻成爲一生的好朋友，我從他們二人身上學到很多東西。

翌年三月，終於來到畢業的季節，我參加的某報社的入社考試，我想讓同住的朋友，還有H看看我畢業將近的喜悅模樣。說要成爲新聞記者，過平凡一生時，讓一家人都哈哈大笑了。雖然事實遲早會被拆穿，但我仍是想努以多維持一天一刻的和平，害怕讓大家驚愕，努力的說謊。我總是如此，然後陷入窘境，思考死的事。雖然結局是一定會被揭穿，讓大家更加驚愕、更加生氣，但仍昧於現實不說出真話，讓自己一刻一刻更深陷入虛僞的地獄。當然，不用說內心沒打算進入報社，更不可能通過考試。完美的欺瞞陣地，現在也逐漸的崩毀，心想已經到死的時候了。

我在三月中旬，獨自一個去了鎌倉。在昭和十年，我企圖在鎌倉山上吊。這是在鎌倉跳海自殺騷動後，第五年的事情。因爲我會游泳，跳海自殺是困難的，所以我選擇了確定可以的上吊自殺。但我卻再度失敗了，恢復了呼吸醒了過來。我的脖子可能腫得很厲害，脖子紅腫潰爛的，茫然的回到天沼的家中。

我想自己決定自己命運的舉動失敗了，搖搖晃晃回家後，未曾見過的不可思議世界已經呈現在眼前。H在大門口偷偷撫摸了我的背脊，其他的人有都說：「太好了！太好了！」的安慰我，我對人生的體貼為之呆然。大哥也從鄉下趕，雖然大哥狠狠的責罵了我，但我卻非常的想念、愛戀大哥。我品嚐到我有生以來第一次經驗的不可思議情感。

做夢也沒有想到的命運立刻接著展開了。數日之後，我發生劇烈的腹痛，忍了一整晚都沒睡，用熱水袋溫暖腹部，神志逐漸昏沈，便叫醫生來看。我蓋著棉被被送上救護車，載到阿佐之谷的外科醫院，立刻動手術。

是盲腸炎，因為送醫有所延遲，又加上用熱水袋熱敷使病情惡化，腹膜流膿，增加了手術的困難。手術後第二天，咽喉吐出很多的血塊，從以前就有的胸部疾病，突然表面化，我變得只剩一口氣。

雖然醫生說我已經不行了，但罪孽深重的我，卻逐漸一點點的恢復了起來。一個月後，腹部的傷口已經癒合，但我被當作是傳染病患者，被移送到世田谷區經堂的內科醫院。H一直守在我身邊，笑著告訴我醫生說連接吻都不可以喔。那家醫院的院長是大哥的朋友，對我特別照顧。在寬敞的醫院裡住了二個月，日常用品、器具全都帶了進來。

五月、六月、七月、蚊蟲逐漸出現，醫院病房開始掛起白色蚊帳時，我在院長的指示下，遷到了千葉縣船橋町。是海岸，在町的郊外租了一戶剛建好的新房子。雖是遷到其他地方療養的意思，但這裡也因爲我而不好，地獄的大動亂開始了。

我在阿佐之谷的外科醫院時，染上了忌諱的惡習，就是使用痲醉劑。一開始醫生是爲了消除我傷口的疼痛，在早晚更換紗布時使用，但不久之後，我開始出現仰藥性，沒有施打就睡不著覺。我對失眠的痛苦極度脆弱，我每天晚上都拜託醫生。那裡的醫生放棄了我的身體，總是溫柔體貼的容許我的要求，即使移轉到內科病房，我仍是執拗的拜託院長。院長大約三次只有一次會勉強答應我。已經不是為了肉體上的疼痛，變成是為了消除自己的慚愧、焦躁而求醫生，我沒有忍受寂寞的耐力。

移轉到船橋之後，到街上醫院訴說自己的失眠與中毒症狀，強行要了該藥品。之後勉強那懦弱的醫生寫證明書，讓我直接從街上的藥局購買藥品。等到發覺時，我已經是變成悽慘的中毒患者了，立刻面臨缺錢的問題。我當時每個月從大哥那裡拿九十日圓的生活費，超出以外的臨時支出，大哥則是一概拒絕。這是當然的事，我從未曾努力報答大哥的兄弟之情，只是任性的玩弄自己的生命。

自從那一年的秋天以來，有時會出現在東京街頭的我，已經是個微微骯髒的半狂人了。我記得那一段時期自己的每一個可悲醜態，永遠忘不了。我變成了日本一大醜陋青年，借了十日圓、二十日圓的金錢來到東京，甚至曾經在雜誌社編輯的面前哭泣，還因為過於任性強求而曾經使編輯生氣。

那時，我的原稿還有一點變現的可能性。我在阿佐之谷的醫院、經堂的醫院住院的這段期間，藉由朋友們的奔走，我的那紙袋中的「遺書」終於有二、三篇被發表在好的雜誌上，其反響所引起的辱罵之詞，還有支持的話語，都叫我感到強烈的難堪，因爲不安，反讓我的藥物中毒更加嚴重，痛苦之餘，厚著臉皮來到雜誌社，要求會見編輯或社長，請求他們先預借我稿費。

過分狂亂於自己的苦惱，沒有注意到他人也是努力在生活的當然事實，連那紙袋裡的作品也一篇不剩的全都賣光了。已經再也沒有可以賣的東西了，也不可能立刻寫出作品。已經文思枯竭，再也寫不出任何東西了。

當時的文壇批評我說：「有才無德。」但我卻相信自己是：「有德的苗芽，卻沒有文才。」在我身上沒有所謂文才的東西，除了全身向前東碰西撞之外，不知如何是好，不知天高地厚。就像頑固拘泥於所謂一宿一飯之恩情的僵硬道德，最後再也受不了，反而做出完全不知廉恥行爲的人。

我出生自極爲保守的家庭，借錢是最大的罪惡。爲了脫離欠債而創造出更多的欠債，那麻醉藥品中毒也是爲了消除欠債的慚愧，讓自己更堅強的結果。支付給藥房的錢，只是不斷的增加，我甚至曾一邊啜泣一邊走在白天的銀座街頭，很想要錢。我從將近二十個人那裡，幾近搶奪的借了錢。我不能死，想欠債全部償還之後再去死。

大家逐漸不再理會我。在移轉到船橋經過一年的昭和十一年秋天，我被帶上汽車，送到了東京板橋區的某醫院。

晚上一覺醒來，我人已經在腦科醫院的一間病房裡。

在那裡生活了一個月，秋高天晴的某日午後，終於被允許出院。我跟前來接我的H，二人一起坐上汽車。

雖然睽違一個月才見面，但二人都沈默不語。汽車疾馳，一陣子之後，H開口了，「你已經戒藥對吧。」用生氣的口吻。

「我今後什麼都不相信。」我說出在醫院學來的唯一一件事。

「是嗎？」現實家的H好像將我所說的話，解讀成金錢的意思，深深的點頭贊同說：「人是不可以期待的。」

「也不相信妳呢！」

H一臉不高興。

船橋的家在我住院時被廢除了，H住在杉並區天沼三丁目的公寓一室。我落腳在那裡。有二家雜誌社來向我邀稿，在出院的當天夜晚，我立刻開始寫稿。寫好二篇小說，拿著稿費，來到熱海，一整個月毫無節制的飲酒。今後要怎樣才好，完全不知道。

雖然從大哥那裡拿生活費已經有三年了，但住院之前的大量欠債卻一分不少的留著。雖然我也曾計畫在熱海寫好小說，再將所賺來的稿費償還眼前最掛心的欠債，但不要說寫小說，我因爲忍受不了自己身邊的悽涼，只是飲酒。我深深覺得自己是一個沒有用的男人，在熱海，我反而欠債更加增加，不管做什麼都失敗，我一副完全被打敗的樣子。

我回到天沼的公寓，將已經放棄所有希望的微髒肉體滾躺在床上。我已經二十九歲了，什麼都沒有，只有一件衣服。H也只有一件衣服，我想已經到了盡頭了。仰賴著大哥每月送來的生活費，像蟲一樣沈默的活著。

但事實上還沒有到盡頭。在那一年的初春，我做夢也沒想到的，意外接到某位西洋畫家的商談。是我極爲要好的朋友，我聽了他的話，幾乎窒息了。

H早已經做出教人感到悲傷的錯誤。我突然想起那時離開不吉利醫院，在汽車內我無心脫口而出抽象話語時，H一副極爲震驚的樣子。雖然我讓H吃了很多苦，但是，我卻打算只要活著一天，都要跟H一起生活下去。

因爲我拙於表現自己的感情，所以H，西洋畫家都沒有發現我的變化。即使接受他的商量，但我卻什麼忙也幫不上，因爲我不想傷害任何人。在三人當中我年紀最大，雖然我想至少我要冷靜下來，下完美的命令，但我還是因爲事情刺激太大而激動、狼狽、不知如何是好，反而被H等人給看輕了。

什麼也沒辦法，這時西洋畫家逐漸開始逃避責任。我雖然很痛苦，但還是對H感到不忍。H好像已經打算一死了。在不知如何是好，受不了的時候，我也思考過死的事。就二人一起死吧，神明會原諒我們的。

我們像感情很好的兄妹般出門旅行。水上溫泉。那天晚上，二人去到山上自殺。我想不可以讓H死，我努力的避免此事，H活著沒死；我也完全失敗了，因爲使用了藥物。

我們終於分手了，我失去了再挽留H的勇氣，被人說是被甩了也無妨。雖然因爲人道主義與空有的虛勢，假裝忍耐，但卻發現自己已經看到往後醜惡如地獄般的每一天。H獨自一人回到鄉下母親家，西洋畫家完全失去了消息，我一個人留在公寓，開始自己煮飯的生活。學會了喝燒酒，牙齒逐漸掉落，我變得很面目可憎。我搬到到公寓附近的房子，最下等的租屋，我覺得這才是適合自己的。

這就是現實，站在門邊，月影、枯野一片，老松聳立。我在四疊半的租屋處，經常獨自一人飲酒，酒醉走出租屋處，靠在門柱上，胡亂低聲吟唱著歌。除了二、三位難以分離的好友之外，沒有人理我，我也逐漸明白這世間是怎樣在看我。我是無知驕傲的無賴漢、也是白癡、下等狡猾的好色男、僞裝天才的詐欺師，過著奢華的生活，一缺錢就揚言自殺，驚嚇在鄉下的親人。像貓狗一樣虐待賢淑的妻子，最後將她趕出。

被世人用嘲笑、嫌惡憤怒的態度謠傳著種種的傳說，我完全被埋葬，受到有如廢人一般的待遇。我發現到這一點，完全不想走出戶外一步。在沒有酒的夜裡，啃著鹽味仙貝看偵探小說，是我小小的樂趣。沒有任何來自雜誌社、報社的邀稿，且什麼也不想寫、不能寫。先前生病時的借款，雖然沒有任何人前來催討，但我卻連晚上做夢都覺得痛苦。我已經三十歲了。

到底爲什麼會變成這樣呢？我覺得自己得活下去才行，是故鄉的不幸給了我這樣做的當然力量嗎？

大哥當選議員，之後因爲違反選舉法而遭到起訴；我一直都很敬畏大哥嚴厲的人格，一定是周圍有壞人在的關係。姊姊死了，外甥死了，表兄弟死了。我藉傳言得知上述諸事，因爲我早就與故鄉的親人斷絕所有的音信。

接連不斷的故鄉的不幸逐漸發生在我倒臥的上半身，我因爲故鄉家業龐大感到可恥，因爲所謂有錢小孩的自卑而自棄。從小就因爲所謂不當恩惠的討厭恐懼感而卑屈、厭世，相信有錢人家的小孩就應該像個有錢人家小孩的下地獄才行，逃跑是卑鄙的，努力想像個罪孽深重的小孩般死去。

但是，一晚，我發現自己不但不是有錢人家小孩，還是連一件像樣的衣服都沒有的賤民。從故鄉送來的生活費也應該在今年過後就中斷，戶籍也已經被分出來了。且我出生成長的故鄉的家，現在也正處於不幸的低潮。我教人敬畏的與生俱來特權，已經完全沒有了。相反的只有負數。

還有一項自覺。那就是當我在租屋的一室，連死的氣魄都喪失的躺著時，我的身體卻不可思議的逐漸強健起來的事實，這也是一項重要的原因。

此外，也可以列舉年齡、戰爭、歷史觀的動搖、對怠惰的嫌惡、對文學的謙虛、有神存在等各種事情，但要說明人的轉機，卻顯得虛無。即使那說明勉強算是正確的，但其中間一定有某處漂浮著說謊的味道。

這或許也是因為人不是思考這個、思考那個的選擇方向去路的動物。很多時候，人會不知不覺得走在錯誤的原野上。

我三十歲那年的初夏，第一次真正立志過筆耕的生活，想想是很遲的志願。我在空無一物的四疊半租屋房間裡，努力的寫作。如果租屋處的晚飯有剩下在櫥櫃裡，我就會偷偷的拿出來作成飯糰放著，以備被深夜工作肚子餓時吃。這回的寫作不是當作遺書來寫，是爲了要活下去而寫的。

一位學長給了我鼓勵。即使世人世人都憎恨我、嘲笑我，這位作家學長卻始終都偷偷的支持我這個人。我一定得回報他那貴重的信賴。終於我完成了名叫「捨姥」的作品，誠實寫出與H到水上溫泉自殺時的事情。這個作品立刻被買下，是一位總是不忘等待我作品的編輯。

我沒有浪費稿費，首先到當鋪買了一套外出的衣服，穿在身上外出旅行。到甲州的山，打算重新整理思緒，創作長篇小說。

在甲州住了整整一年，雖然沒有完成長篇小說，卻發表了十篇以上的短篇小說。聽到了來自各方的支持聲音，打從心裡覺得文壇是個叫人感激的地方，覺得可以一生都在這裡生活的人，是幸福的。

翌年，昭和十四年的正月，我在學長的介紹下，平凡的相親結婚了。不，並不平凡，我沒花一毛錢的舉行了結婚典禮。我們在甲府市的郊區，租了一戶只有二個小房間的房子住。租金是一個月六日圓五十錢。我持續出版了二冊創作集，有了一點積蓄。我雖然一點一點整理了很掛心的欠債，但卻不是件容易的事。那年的初秋，我們搬到東京市郊的三鷹町住，這裡已經不算是東京市，我東京市的生活，從荻窪的租屋到拿著一只皮箱到甲州時，已經被中斷了。

我現在是一個寫稿生活者。即使外出旅行，不管住在哪個旅館都持續寫作工作。雖然有其辛苦之處，但我卻不太說。即使有超過以前的痛苦，我也會假裝微笑，笨蛋友人說我已經世俗化了。

每天，武藏野的夕陽都很大，滾熱的沈入地平線。我盤腿坐在可以看見夕陽的三疊房間裡，一邊吃著簡單的料理，一邊對妻子說：「我是這樣的男人，所以無法出人頭地，也沒有錢。但是，我會努力保護我們一家的。」

那時，我突然想起東京八景，過去像走馬燈一樣縈繞在我的胸中。

這裡雖然是東京市郊，但附近有東京都知名景點之一的井之頭公園，所以這武藏野的夕陽被列入東京八景之中，是無庸置疑的。我嚐試翻閱自己胸中相本，想決定其他的七景。但這時，稱得上藝術的並不是東京的風景，而是風景中的我。是藝術欺騙了我？還是我欺騙的藝術？結論，藝術是我。

戶塚的梅雨，本鄉的黃昏，神田的祭典，柏木的初雪，八丁堀的煙火，芝的滿月，天沼的日落，銀座的閃電，板橋腦科醫院的大波斯菊，荻窪的晨霧，武藏野的夕陽。回憶的黑暗花朵紛紛躍出，難以整理。還有，也覺得勉強整理八景也是卑鄙的事。在那當中，我在這個春天與夏天，更進一步發現了二景。

今年四月四日，我拜訪了小石川的大學長S先生。S學長在我五年前生病時，曾經非常的關心過我。雖然最後遭他嚴厲責備，差點絕交，但今年正月我前去拜年，並賠罪、答謝。之後，又好長一段時間沒有聯絡，那一天，請他前來擔任朋友新書出版紀念會發起人才又見面。

地點在自己的家中，他接受了我的請求，之後談到了有關繪畫、芥川龍之介文學等事。他也以以往那般沈重的口吻對我說：「雖然我覺得我曾經對你很不好，但現在看來，反而卻是好的結果，我感到很高興。」

一起搭乘汽車到上野，來到美術館看西洋畫展覽會，無聊的畫很多，我佇立在一張畫前。不久，S學長也來到我身旁，將臉靠近該畫，毫不修飾的說：「很淺薄。」我也明白的批評說：「不行。」

是H的那位西洋畫家的畫。

走出美術館，然後在茅場町一起去看「美麗之爭」的電影試映，接著到銀座喝茶，玩了一整天。傍晚，S學長說要從新橋車站坐巴士回去，所以我也一起步行到了新橋車站。在途中，我告訴S學長有關東京八景的計畫。

「不愧是武藏野的夕陽，好大啊！」S學長佇立在新橋車站前的橋上，低聲說：「好像一幅畫喔！」用手指著銀座方向的橋。

「啊！」我也停下腳步眺望，像一個人自言自語般的重複說：「好像一幅畫喔！」比起所眺望的風景，我反而想將眺望風景的S學長，與我自己這個差點遭絕交的學弟編入東京八景之一。

然後，過了二個月，我更進一步獲得明朗的一景。某日，妻子的妹妹寄來一封限時信，信中說：「T明天就要出發了，好像可以在芝公園稍微見一下面。明天早上九點，請來芝公園，請哥哥代我向T好好傳達我的心意。我是笨蛋，還沒有對T說任何事。」

妹妹雖然已經二十二歲，但因爲個子很小，看起來像個小孩。去年，雖然與T君相親、訂婚，但在訂婚後，T君就應召入伍到東京的某個連隊。我也曾經一度與穿軍服的T君相見，聊了約三十分鐘的話。是一個活潑朝氣、有氣質的青年，好像明天就要出發前往戰地了。

限時信送來之後，不到二個小時，又來了一封妹妹寄來的限時信。信中寫著：「仔細想想，覺得剛才的請求是很低級的行爲，可以不用告訴T。請只送行即可。」我和妻子都忍不住笑了出來，很明白她獨自一個人忙得不可開交的樣子。妹妹從那二、三天前，就到T君的雙親家幫忙了。

隔天早上，我們起個大早來到芝公園。在增上寺的寺院裡，有一大群送行的人聚集。抓住身穿卡其色團服，急急忙忙走來走去集合的老人問，結果老人回答說，T君的部隊將在寺廟山門前停留，休息五分鐘，然後立刻再出發。

我們走出寺院，站在山門前，等待T君部隊的到來。不久，妹妹也手拿小旗子，與T君的雙親一起前來。我第一次與T君的雙親見面，因為還沒有真的成為親戚，所以不擅交際的我，連聲招呼也沒有打，只是輕輕的行個注目禮，對妹妹說：「怎麼樣。已經都準備好了嗎？」。

妹妹開朗的對我笑說：「沒什麼。」

「為什麼這樣呢？」妻子蹙起了眉頭。「這樣的哈哈大笑。」

前來目送T君的人非常多，在六本、山門前都立著寫有T君名字的巨大旗幟，在T君家工廠工作的工匠、女工們也都工廠休息前來送行。我則遠離大家，站在山門的一角，既羨慕又嫉妒。

T君家很有錢，我既缺牙，服裝也很破舊，既沒有穿和服，也沒有戴帽子，是一屆貧窮的文人。T君的雙親一定會認爲兒子未婚妻的卑賤親人來了，即使妹妹前來跟我說話，我也趕她說：「妳是今天的主角，請跟在公公的旁邊。」

T君的部隊一直都沒看到。十點、十一點，到了十二點還是沒來。數輛女校學習旅行團體所搭乘的遊覽巴士從眼前通過，在巴士的門上，張貼有寫著該女校校名的紙張，也有故鄉女校的名字。大哥的長女應該也在那家女校就讀，或許有坐在巴士上，或許不知有我這位叔叔，正無心看著偷偷在這個東京名勝增上寺山門前的笨叔叔呢。

約有二十輛的巴士，一輛接一輛的持續通過山門前，每輛巴士的女車掌都剛好指著我開始說明什麼的。一開始雖然裝做沒什麼，但最後我也嘗試擺出姿勢。像Balzac（法國小說家一七九九〜一八五〇）的銅像一樣，輕鬆的雙臂互抱。結果使我覺得自己本身好像已經變成了東京的名勝之一。

到了快一點時，響起：「來了！來了！」的呼喊聲，不久滿載士兵的卡車來到了山門前。T君因爲擁有駕駛DATSUN（日產汽車製的小型汽車）的技術，所以坐在那輛卡車的駕駛座上，我從人群的後方呆呆的眺望著。

「姊夫。」不知何時來到我身邊的妹妹，這樣小聲叫我的，大力推我的背。回神一看，從駕駛座上下來的T君，好像早已經發現似的，對站在人群最後方的我行舉手禮。我雖然瞬間懷疑的看看四周，有點猶豫，但他果然是在向我敬禮。我下定決心，撥開人群，與妹妹一起往前走到了T君面前。

「接下的事請不要擔心。我妹妹雖然愚蠢，但應該知道身爲女人最重要的事。請不用擔心，我們都會照顧她的。」我異於平常，一點也沒有笑的這樣說。看看妹妹的臉，她也是有點仰首緊張。T君有點臉紅，靜靜的行了個舉手禮。

「接下來，你沒有什麼話要嗎？」這次我也笑著問妹妹。妹妹則低著頭說：

「已經夠了。」

立刻下達出發命令，我雖然再度沒入人群之中，但還是被妹妹推著背後，來到駕駛台下。那附近只有T君的雙親站著，我大聲說：「請安心走吧。」

T君的嚴父突然回頭看我的臉。我從那嚴父的眼神裡微微看到，多嘴的笨蛋，這傢伙是誰的不悅臉色，但是我當時並沒有退縮。我雖然只有丙種合格，且很貧窮，但是，現在並沒有要客氣迴避的事。

東京名勝用更大聲的聲音說：「接下來都不用擔心喔！」接下來T君與妹妹的婚事，如果萬一有困難的情形發生，我是不在乎世人眼光的無法者，一定要成爲支持他們的最後力量。

取得增上寺山門的一景，我感到自己作品的構想也如拉滿的弓、如滿月一般充滿。數日後，帶著東京市的大地圖、鋼筆、墨水、稿紙，前往伊豆旅行。抵達伊豆的溫泉旅館之後，變成怎樣了呢？出門旅行已經過了十天了，但仍然住在那溫泉旅館裡。我到底在做什麼呢？

跑吧！美樂斯／太宰治著
.—第1版.—：台北市,亞洲圖書
2004〔民93〕面；公分.—(日本現代文學館；05)
ISBN⊙986-7667-38-7（平裝）

日本現代文學館 05

跑吧！美樂斯

作　　者◇太宰治
翻　　譯◇葉婉奇
社　　長◇陳維都
企劃總監◇王國華　美術總監◇黃聖文
文字編輯◇吳慧玲・游嘉惠
出 版 者◇亞洲圖書有限公司
台北市內湖區東湖路113巷139號3樓
TEL /(02)26306541
FAX /(02)26311760
E-mail　bookasia@mail.apol.com.tw
總 經 銷◇旭昇圖書有限公司
台北縣中和市中山路二段352號2F
TEL/(02)22451480
FAX/(02)22451479
E-mail　s1686688@ms31.hinet.net
法律顧問◇黃憲男律師
電腦排版◇巨新電腦排版有限公司
製　　版◇久裕電腦排版有限公司
印刷裝訂◇久裕印刷事業有限公司
出 版 日◇2004(民93)年6月10日 第1版1刷
定　　價◇新台幣180元
ISBN⊙986-7667-38-7 條碼 9789867667380